James Krüss

Der wohltemperierte Leierkasten

James Krüss

DER WOHLTEMPERIERTE LEIERKASTEN

Gedichte für Kinder, Erwachsene und andere Leute

cbj

Bei diesem Buch wurden die durch das verwendete Material und die Produktion entstandenen CO_2-Emissionen ausgeglichen, indem der cbj-Verlag ein Projekt zur Aufforstung in Brasilien unterstützt. Weitere Informationen zu dem Projekt unter:
www.ClimatePartner.com/14044-1912-1001

FSC www.fsc.org MIX Papier aus verantwortungsvollen Quellen FSC® C106600

Wir produzieren Klimaneutral ClimatePartner.com/14044-1912-1001 Druckprodukt

Penguin Random House Verlagsgruppe
FSC® N001967

2. Auflage 2020

Umschlagbild und Innenillustrationen: Katrin Oertel
Umschlagkonzeption: init | Kommunikationsdesign, Bad Oeynhausen
SaS · Herstellung: UK
Satz: Buch-Werkstatt GmbH, Bad Aibling
Reproduktion: Reproline Mediateam, München
Druck: DZS Grafik d.o.o., Ljubljana
ISBN 978-3-570-15512-7
Printed in Slovenia

www.cbj-verlag.de

Spiele, töne, Leierkasten!
Manche Leute bleiben stehn.
Doch für die, die weiterhasten,
Spiele, töne doppelt schön!

Lass die Wolken ruhig ziehen,
Lass den Regen Regen sein.
Leierkasten-Melodien
Schließen Sturm und Wetter ein.

Lass die Auerhähne balzen,
Lass dem Kuckuck sein Kuckuck.
Deine Leierkasten-Walzen
Seien dir und mir genug.

Wenn die Kritikaster gerne
Kritikastern, halt dich still.
Du hast Sonne, Mond und Sterne,
Wenn kein andrer lauschen will.

Spiel und lasse dich nicht hindern.
Sing vergnügt im Lärm der Zeit.
Schenk den Großen wie den Kindern
Leierkasten-Heiterkeit.

(Widmungsverse, die James Krüss der Sammlung seiner
Gedichte für Kinder aus dem Jahr 1961 voranstellte)

Inhalt

1. Für kleine Leute zum Vorlesen

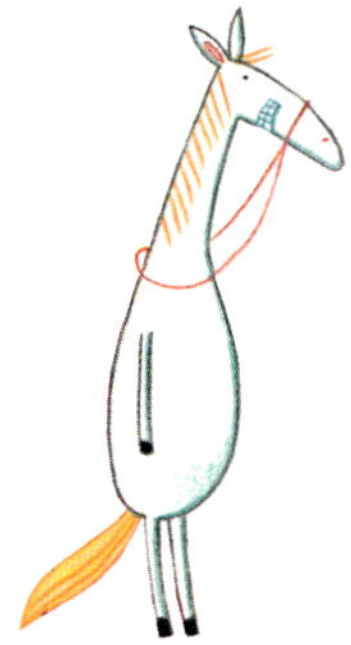

2. Für Wanderer, Spaziergänger und andere gesunde Leute

3 Für alle, die mit Tieren befreundet, bekannt oder verwandt sind

4 Für komische Käuze, spinnerte Uhus und andere Spaßvögel

5 Für Mädchen und Damen

6 Für Buben und Herren

7 Für solche, die gern auf dem Kopfe stehn

8 Für müde Kinder

9 Für die Weihnachtszeit

10 Von Januar bis Dezember zu lesen

Für kleine Leute zum Vorlesen

Ich war einmal ein Eskimo

Ich war einmal ein Eskimo,
Ich war einmal ein Schotte,
Ich war einmal ein Wasserfloh,
Ich war mal eine Motte.

Ich war einmal ein Mandelbaum,
Ich war einmal ein Rabe,
Ich war ein Ross mit rotem Zaum,
Ich war ein Edelknabe.

Ich war einmal ein Dromedar
An einem Palmenbaume.
Ich war, ich war, ich war, ich war
Das alles – nachts – im Traume.

Bin ich im Grund auch nur soso
Und ohne große Gaben,
So lern ich doch vom Eskimo,
Vom Schotten und vom Raben.

Die Motte lehrt mich leise sein,
Das Pferd, mich klug zu fügen,
Nur Edelknaben sind nicht fein.
Sie lehren mich das Lügen.

Geduld lehrt mich der Mandelbaum,
Der Rabe lehrt mich keifen.
So lerne ich des Nachts im Traum,
Die Tage zu begreifen.

Der kleine Spielzeugaffe

Ein kleiner Spielzeugaffe
In einer Stadt am Rhein
Fand einst ein Spielzeugauto
Und setzte sich hinein.

Dann fuhr der kleine Affe
Im Auto durch die Stadt.
Er fuhr als Spielzeugaffe
Erstaunlich gut und glatt.

Er ratterte im Rinnstein
Am Bürgersteig daher,
Er flitzte über Plätze
Im wildesten Verkehr.

Doch plötzlich kam ein Riese.
(Das war ein Polizist.)
Der fragte nach Papieren,
Wie das so üblich ist.

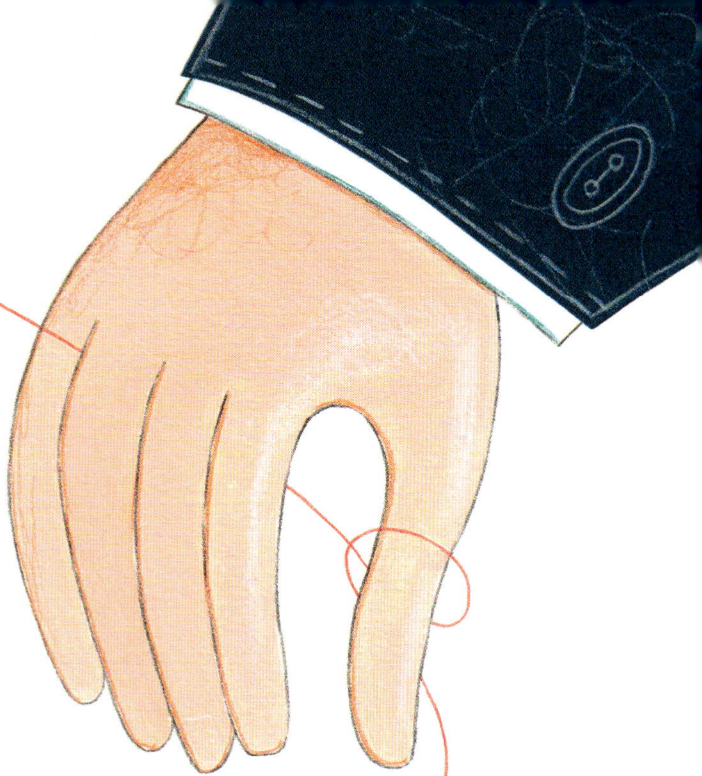

Doch weil der kleine Affe
Den Riesen nicht verstand,
Drum nahm der Kerl das Auto
Samt Äffchen in die Hand.

Da nützte kein Gezeter,
Da half ihm kein Geschrei:
Man warf ihn in den Schreibtisch
Der strengen Polizei.

Dort blieb der kleine Affe
Noch lange, lange Zeit.
Und ist er nicht gestohlen,
Dann liegt er dort noch heut!

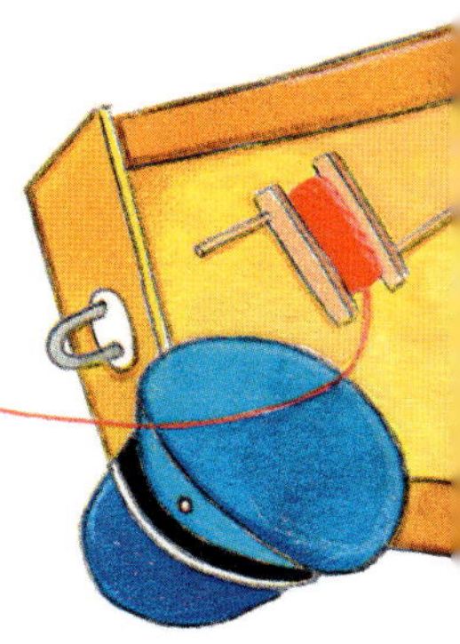

Marmelade, Schokolade

Marmelade,
Schokolade
Kaufen Sie bei mir!
Groben Zucker,
Feinen Zucker,
Alles gibt es hier!

Weiße Knöpfe,
Schwarze Knöpfe,
Bänder für die Schuh,
Garn und Faden
Gibt's im Laden,
Greifen Sie nur zu!

Vogelfutter,
Markenbutter,
Mehl und Fett und Grieß,
Große Gurken,
Kleine Gurken,
Sauer oder süß!

Tag, Herr Seemann!
Tag, Frau Lehmann!
Womit kann ich dienen?
Meine Eier
Sind nicht teuer,
Die empfehl ich Ihnen.

Grüne Seife,
Gelbe Seife,
Ata und Persil!
Kommen Sie
Und kaufen Sie!
Es kostet gar nicht viel.

Geben Sie mir
Diese Wurst hier
Und ein viertel Quark!
Gern geschehen.
Handumdrehen.

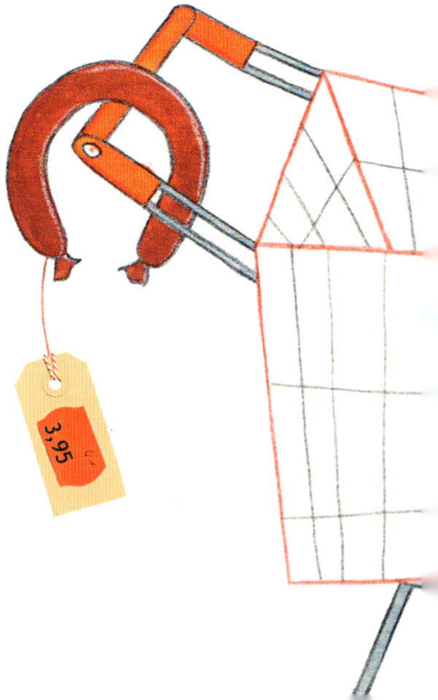

Kostet eine Mark.
So geht's weiter,
Keck und heiter,
Bis der Tag vorbei.
Noch im Bette
Um die Wette
Rufen alle drei:

Marmelade,
Schokolade
Kaufen Sie bei mir!
Groben Zucker,
Feinen Zucker,
Alles gibt es hier!

Weiße Knöpfe,
Schwarze Knöpfe,
Bänder für die Schuh.
Garn und Faden
Gibt's im Laden,
Greifen Sie nur zu!

Suchanzeige

Sehr geehrte, werte Kinder,
Heut verlor ich manchen Reim.
Dem verehrten, werten Finder
Koch ich Milch mit Haferschleim.

Alle Reime, meine Lieben,
Die ich nicht mehr finden kann,
Sind von Büchern abgeschrieben.
Denkt beim Suchen stets daran!

Manche Reime sind wahrscheinlich
Schnell gefunden, andre nicht.
Darum lest genau und peinlich
Das nun folgende Gedicht:

Ganz allein auf einer Insel
Saß er unter heißer Sonn.
Jeder kennt den armen Pinsel.
Denn es ist der ......

Alle ihre Abenteuer
Sind gedruckt und sehr bekannt,
Denn man schätzt ganz ungeheuer
Alice aus dem ......

Wer in Liliput gewesen,
Das weiß unser Uli, der
Hat das hübsche Buch gelesen
Vom berühmten ......

Gulliver

Lange Nägel, lange Haare,
Schmutzig, putzig! Schaut, da steht er!
Ist das nicht der sonderbare
Sehr berühmte ......?

Lügen kann er wie kein Zweiter.
Hat den Kopf voll dummer Flausen,
Ist Soldat, Luftschiffer, Reiter
Und Baron. Er heißt ......

Einen frechen Dieb zu fangen,
Das vermögen nur naive,
Witzige Berliner Rangen:
Emil und die ......

Moritz

Wenn die Lausejungen tagen,
Haben sie bestimmt den Vorsitz,
Denn sie sind zwei schlimme Plagen,
Diese Buben Max und ......

Fandet ihr, verehrte Kinder,
Diesen oder jenen Reim,
Koch ich dem verehrten Finder
Süße Milch mit Haferschleim.

Der arme Lehrer Obermeyer

Der Herr Lehrer Obermeyer
Jammert schon den ganzen Tag.
Mit den Kindern, mit den Rangen,
Ist heut gar nichts anzufangen,
Nichts als Ärger, Müh und Plag!

Selbst die allerbesten Schüler
Plappern heut gedankenlos.
»Hans, wie schreibt man Ofenkehrer?«
»Ohne H mit Ä, Herr Lehrer!«
»Setz dich! Falsch! Was habt ihr bloß?«

»Susi, was heißt ich auf Englisch?«
»Ju, Herr Lehrer! Jot und U!«
»Ach, ihr seid so dumm wie Rüben!
Ich heißt ›ei‹, wird ›I‹ geschrieben.
Setzen, faules Mädchen du!«

»Isabella, wo liegt Essen?«
»Meistens unter meiner Bank!«
»Kruzitürken, Kind, ich meine,
Wo die Stadt liegt!«
»Nah am Rheine!«
»Stimmt beinahe, Gott sei Dank!«

»Kurt, errechne mir geschwinde
Fünf mal fünf, das ist nicht schwer!«
Aufgeregt ruft Kurt: »Das weiß ich!
Fünf mal fünf ist sechsunddreißig!«
Ach, da stöhnt der Lehrer sehr.

»Was«, so fragt Herr Obermeyer,
»Was verwirrt die Klasse wohl?«
Denn beinah in jeder Stunde
(Rechnen, Deutsch und Heimatkunde)
Reden alle Kinder Kohl.

Lieber Lehrer Obermeyer,
Stoßen Sie sich nicht daran!
Ihre Kinder, Ihre Rangen
Haben nach der Luft Verlangen.
Denn am nächsten Freitag fangen
Ihre großen Ferien an.

Jot und U
Ohne H mit Ä
6
5

Der kluge Lehrer Untermeyer

Der Herr Lehrer Untermeyer
Grüßt genau um zehn Uhr zehn
All die netten, freundlich frommen
Kinder, die zur Schule kommen
Und in seine Klasse gehn.

»Guten Morgen, liebe Kinder,
Kathi, Michel, Lony, Fritz!«
»Grüß dich, Lehrer!«, ruft Brigitte.
Und der Paul fragt von der Mitte:
»Kennst du schon den neusten Witz?«

»Kenn ich!«, sagt Herr Untermeyer.
»Welches ist der Unterschied
Zwischen netten, freundlich frommen
Kindern, die zur Schule kommen,
Und dem Räuberhauptmann Piet?«

»Räuber«, ruft der Maxi eifrig,
»Sind sehr groß und Kinder klein!«
»Falsch, mein Lieber!«, sagt der Lehrer.
»Dieser Unterschied muss schwerer,
Treffender und schärfer sein!«

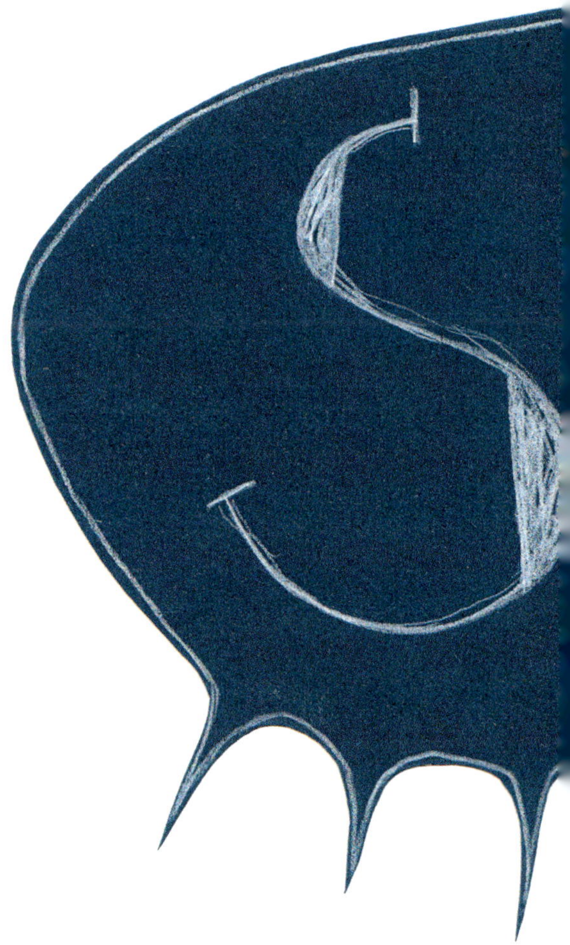

Plötzlich von den Hinterbänken
Ruft der Hans: »Ich weiß es doch!
Du, Herr Lehrer«, meint er munter,
»Sagst zum Kinde: Hände runter!
Und zum Räuber: Hände hoch!«

»Falsch!«, lacht Lehrer Untermeyer.
»Ich erklär's euch! Hört mir zu:
Kinder sagen – Sie zum Lehrer!
Nur ein Räuber, ganz ein schwerer,
Sagt zu seinem Lehrer – du!«

Ach, da wundern sich die Kinder,
Und sie sind so stumm wie nie.
Hat Herr Untermeyer Stunde,
Tönt es jetzt aus jedem Munde
Nett und wohlerzogen: Sie!

Der, die, das

Der. Die. Das.
Wer? Wie? Was?
Der Hausherr schläft und hat kein Geld.
Die Hausfrau die Kartoffeln pellt.
Das Kind ist ziemlich blass.
Der. Die. Das.

Die. Der. Das.
Wie? Wer? Was?
Die Sonne leuchtet dir und mir.
Der Mond hat seinen Glanz von ihr.
Das Licht reist ohne Pass.
Die. Der. Das.

Das. Die. Der.
Was? Wie? Wer?
Das Weltall ist entsetzlich groß,
Die Erde eine Kugel bloß.
Der Mensch wiegt nicht sehr schwer.
Das. Die. Der.

Für Wanderer, Spaziergänger und andere gesunde Leute

Wenn du einen Garten hast …

Wenn du einen Garten hast,
Lass den Garten blühn:
Pflanze einen Rosenstrauch
Oder auch Jasmin!

Wenn du eine Maus entdeckst,
Sei nicht bös und kalt:
Trag die Maus ins Nachbarhaus
Oder in den Wald!

Wenn du einen Kater hast,
Halt ihn dir gesund:
Gib ihm eine Katz dazu
Oder einen Hund!

Wenn du Schokolade hast,
Iss sie nicht allein:
Gib der Schwester, gib dem Freund
Oder allen zwein!

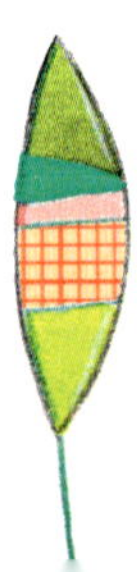

Wenn du einen Schnupfen hast,
Führe ihn nicht aus:
Geh zu Doktor Naseweis
Oder bleib zu Haus!

Wenn dies Lied dir nicht gefällt,
Bist du selber schuld:
Denn dann fehlt dir der Humor
Oder die Geduld!

Jakob Hatschie

Im Lande der Gewürze,
Da lebt ein alter Mann
Mit einer roten Schürze
Und grünen Troddeln dran.

Er ist den Krämersleuten
Seit alters her bekannt
Und wird seit langen Zeiten
Jakob Hatschie genannt.

Er humpelt einmal jährlich
Zu uns in unsre Stadt,
Und das ist sehr beschwerlich,
Wie man erfahren hat.

Denn wandert er durchs Städtchen,
Fängt Frau und Bub und Mann
Und Hund und Katz und Mädchen
Sofort zu niesen an.

Ein unerhörtes Niesen
Folgt uns auf Schritt und Tritt.
Es niesen auf den Wiesen
Sogar die Blumen mit.

Es klappern alle Ziegel,
Es heult und jault das Vieh,
Und es zerbrechen Spiegel
Vom ewigen Hatschie.

Doch hat das wilde Prusten
Auch einen guten Zweck,
Denn Zorn und Gicht und Husten,
Die niesen wir hinweg.

Der Alte mit der Schürze
Wird deshalb hochverehrt
Und sein Besuch in Kürze
Zum Feiertag erklärt.

Er ist uns unentbehrlich,
Und das mit gutem Grund:
Denn kommt er einmal jährlich,
Niest jeder sich gesund!

Das Lied vom Wald

Komm in den Wald und lausche da.
Er singt sein Lied, sein altes.
Durch alle Kronen, fern und nah,
Da schallt es und da hallt es:
Susumm, susu!
Susumm, susu!
Hörst du?

Geh tiefer in den Wald hinein,
Dorthin, wo Quellen springen.
Da hörst du ihn, ganz voll und rein,
Sein Lied noch lauter singen:
Susumm, susu, susu, susu!
Susumm, susu, susu, susu!
Hörst du?

Geh weiter in den tiefsten Wald,
Wo morsche Stämme liegen.
Da tönt und dröhnt es, hallt und schallt
Im weichen Wipfelwiegen:
Susummseru, susummseru!
Susummseru, susummseru!
Hörst du?

Sitz nieder, wenn der Tag sich neigt,
Am dunklen Waldessaume.
Da singt und klingt, wenn alles schweigt,
Das Lied von Baum zu Baume:
Susumm, susu!
Susumm, su!
Susumm!
Su…
Hörst du?

Das Feuer

Hörst du, wie die Flammen flüstern,
Knicken, knacken, krachen, knistern,
Wie das Feuer rauscht und saust,
Brodelt, brutzelt, brennt und braust?

Siehst du, wie die Flammen lecken,
Züngeln und die Zunge blecken,
Wie das Feuer tanzt und zuckt,
Trockne Hölzer schlingt und schluckt?

Riechst du, wie die Flammen rauchen,
Brenzlig, brutzlig, brandig schmauchen,
Wie das Feuer, rot und schwarz,
Duftet, schmeckt nach Pech und Harz?

Fühlst du, wie die Flammen schwärmen,
Glut aushauchen, wohlig wärmen,
Wie das Feuer, flackrig-wild,
Dich in warme Wellen hüllt?

Hörst du, wie es leiser knackt?
Siehst du, wie es matter flackt?
Riechst du, wie der Rauch verzieht?
Fühlst du, wie die Wärme flieht?

Kleiner wird der Feuersbraus:
Ein letztes Knistern,
Ein feines Flüstern,
Ein schwaches Züngeln,
Ein dünnes Ringeln –
Aus.

Die Geschichte vom Sturm

Vor den Fenstern heult der Wind.
Höre nun, Marie, mein Kind,
Was ich dir berichte.
Höre von dem wilden Geist,
Der die ganze Welt bereist,
Heute die Geschichte.

Fern, im heißen Morgenland,
In dem gelben Wüstensand,
Ist der Sturm geboren.
Den Kamelen, die dort gehn,
Wo die Palmenbäume stehn,
Saust er um die Ohren.

Weiter geht des Sturmes Bahn
Auf den wilden Ozean,
Wo die Haie schlafen.
Doch vom Meere fliegt der Sturm
Brausend fort zu einem Turm
Irgendwo im Hafen.

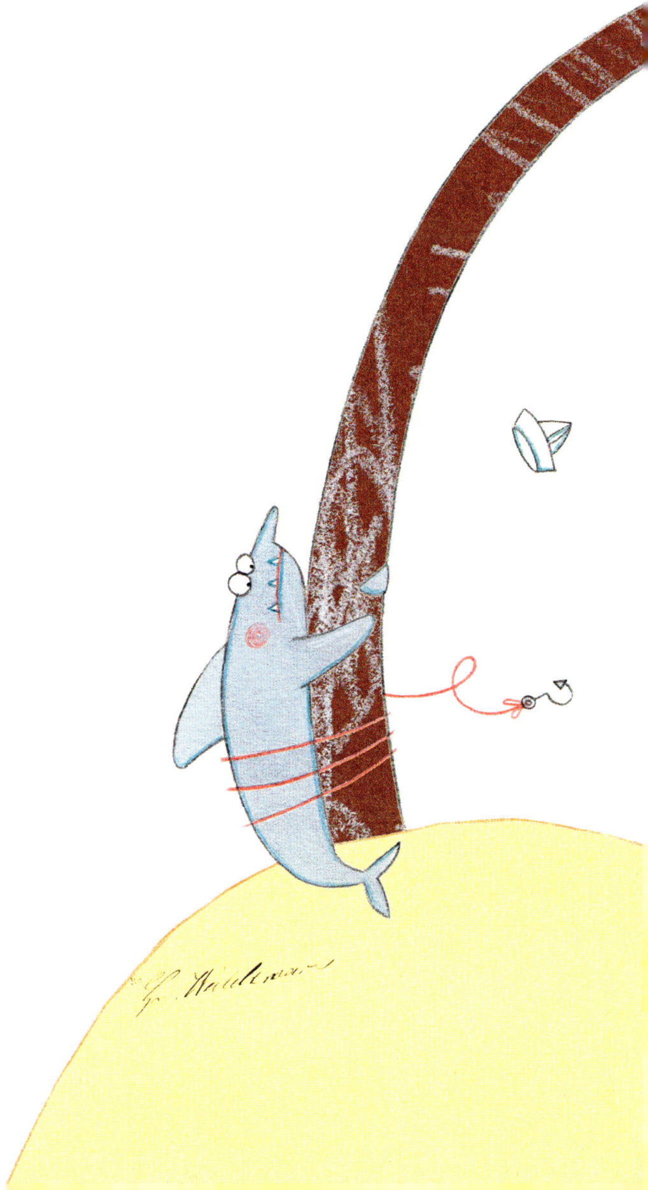

Fegt von dort ins Land hinein
Durch die Städte, groß und klein,
Pustet und gewittert.
Dicke Tannen schüttelt er,
Fensterläden rüttelt er,
Dass es bumst und zittert.

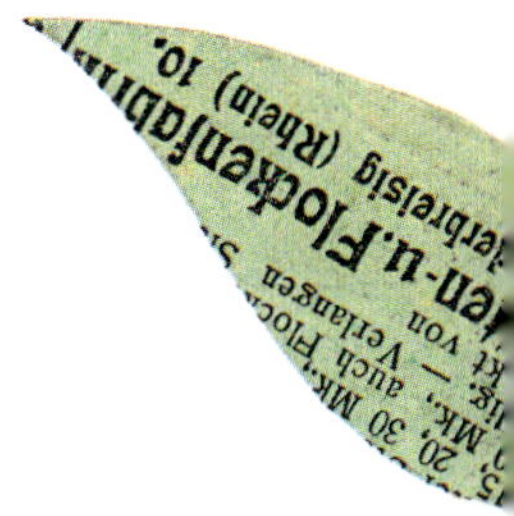

Manchem Wandrer, der bei Nacht
Sich auf lange Wege macht,
Saust er um die Ohren.
Aber uns, Marie, mein Kind,
Die in sichren Mauern sind,
Lässt er ungeschoren.

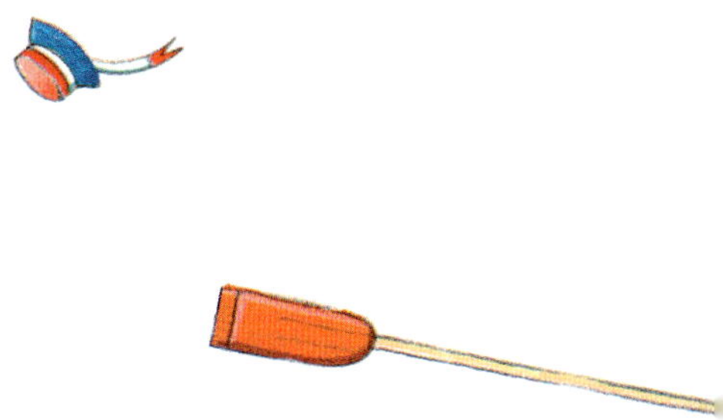

Das Wasser

Vom Himmel fällt der Regen
Und macht die Erde nass,
Die Steine auf den Wegen,
Die Blumen und das Gras.

Die Sonne macht die Runde
In altgewohntem Lauf
Und saugt mit ihrem Munde
Das Wasser wieder auf.

Das Wasser steigt zum Himmel
Und wallt dort hin und her.
Da gibt es ein Gewimmel
Von Wolken, grau und schwer.

Die Wolken werden nasser
Und brechen auseinand,
Und wieder fällt das Wasser
Als Regen auf das Land.

Der Regen fällt ins Freie,
Und wieder saugt das Licht.
Die Wolke wächst aufs Neue,
Bis dass sie wieder bricht.

So geht des Wassers Weise:
Es fällt, es steigt, es sinkt
In ewig-gleichem Kreise,
Und alles, alles trinkt!

Für alle, die mit Tieren befreundet, bekannt oder verwandt sind

Ein Frosch ist keine Nachtigall

Ein Frosch ist keine Nachtigall.
Drum kann er auch nicht singen.
Und doch will er uns überall
Sein Lied als Ständchen bringen.

Er quakt vom frühen Morgen an,
Er quakt ganz herzbewegend.
Er quakt, weil er nicht singen kann,
Und hüpft so durch die Gegend.

Der Mops von Fräulein Lunden

Der Mops von Fräulein Lunden
War eines Tags verschwunden.

Sie pflegte – muss man wissen –
Tagtäglich ihn zu küssen.

Das hat dem Mops wie allen,
Die ehrlich sind, missfallen.

Der Küsse überdrüssig,
Ward unser Möpschen bissig.

Er stritt mit allen Hunden
Und selbst mit Fräulein Lunden.

Und gestern oder heute
Entfloh er, liebe Leute.

Er floh vor Kuss und Schleifen.
Man kann den Mops begreifen.

Denn Schleifen sind ihm schnuppe.
Ein Mops ist keine Puppe.

Dem Mops sind Küsse Qual,
So lautet die Moral.

Krieg der Bienen und Hornissen

Lasst es alle Bienen wissen:
Heute schwärmen die Hornissen.
Auf die Bienen bei den Schlehen
Haben sie es abgesehen.
Schrumm terumm,
Schramm terumm,
Krieg ist böse,
Krieg ist dumm!

Die Hornissentrommeln lärmen.
Aber, ach, die Bienen schwärmen.
Werden die Hornissen siegen
Und die Bienen unterliegen?
Schrumm terumm,
Schrumm terumm,
Krieg ist böse,
Krieg ist dumm!

Brausend durch die Lüfte ziehen
Die Hornissen-Kompanien.
In den gelb und schwarzen Röcken
Geht es zu den Bienenstöcken.
Schrumm terumm,
Schrumm terumm,
Krieg ist böse,
Krieg ist dumm!

Die daheimgebliebnen Bienen
Kämpfen mit verbissnen Mienen.
Aber ihrer sind zu wenig.
»Sieg!«, ruft der Hornissenkönig.
Schrumm terumm,
Schrumm terumm,
Krieg ist böse,
Krieg ist dumm!

Ach, nur wenig Honig haben
Die erkämpften Bienenwaben.
Jeder Krieger der Hornissen
Kriegt mit Not drei kleine Bissen.
Schrumm terumm,
Schrumm terumm,
Krieg ist böse,
Krieg ist dumm!

Lasst es alle Menschen wissen:
Wenig nützte den Hornissen
Das Bekriegen, das Besiegen,
Denn zweihundert blieben liegen!
Schrumm terumm,
Schrumm terumm,
Krieg ist böse,
Krieg ist dumm!

Der kleine Zirkushund

Der kleine Zirkushund
Im großen Zirkusrund,
Der bellt, so laut er bellen kann.
Was ficht den kleinen Kläffer an?
Ich weiß genau den Grund,
Warum er bellt, der Hund:

Ein Löwe, o Malheur,
Pariert nicht dem Dompteur.
Drum kläfft der Hund den Löwen an
Und bellt, so laut er bellen kann.
Der Löwe, groß und schwer,
Pariert ihm, bitte sehr!

Sogar der Elefant,
Der Emil wird genannt,
Hat vor dem kleinen Hund Respekt,
Wenn der die Hundezähnchen bleckt.
Sogar der Elefant!
Ist das nicht allerhand?

Den Affen und das Gnu,
Dazu den Marabu
Ermahnt der Hund an ihre Pflicht.
Nur abends unterm Rampenlicht,
Da schweigt er und gibt Ruh
Und schaut dem Zirkus zu.

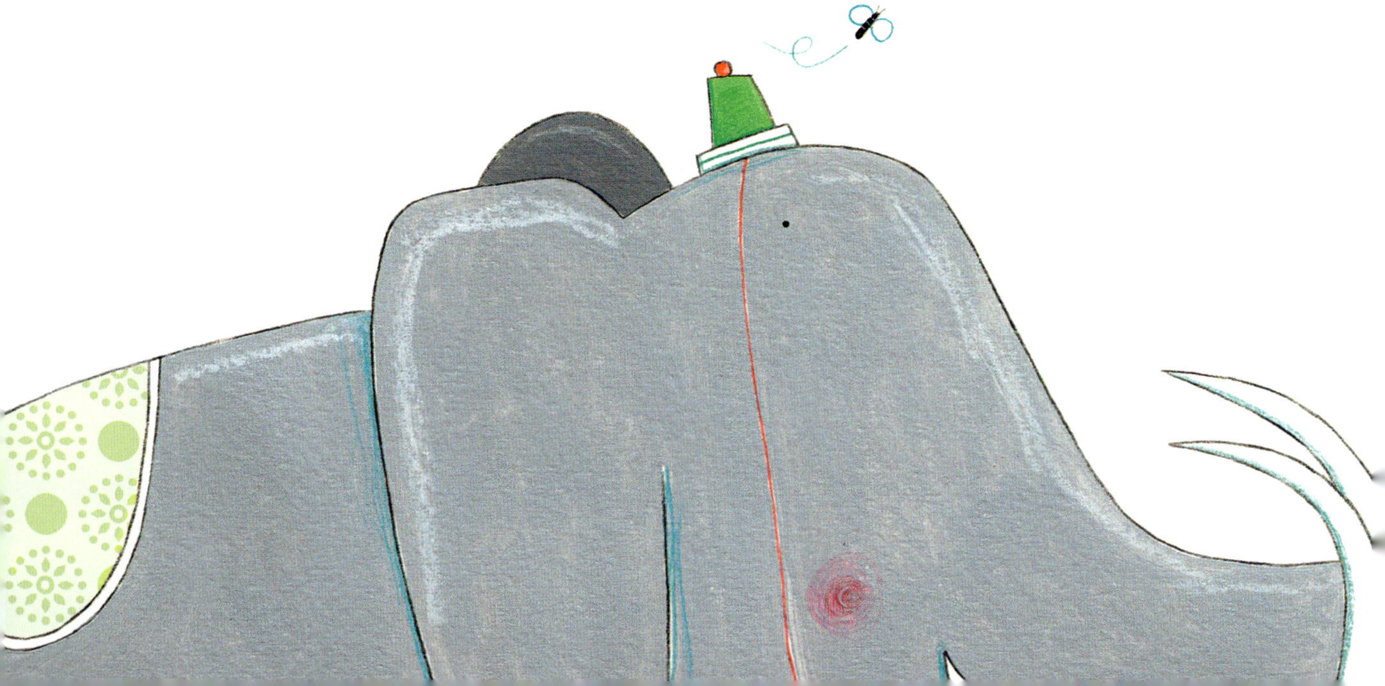

Wuff

Katzenwäsche

Die Katze ist schmutzig.
Drum schaut sie so putzig.
Drum muss sie sich striegeln
Und bügeln und schniegeln
Und waschen. Gebt acht,
Wie's Kätzchen das macht:

Erst leckt sich das Kätzchen
Die schmutzigen Tätzchen,
Dann reinigt die Tatze
Die niedliche Fratze.
Dann schleckt sie sich ganz
Vom Kopf bis zum Schwanz.

Und ist es geschehen,
Dann muss sie sich drehen.
Sie dreht sich im Kreise
Auf drollige Weise
Und schnurrt dabei leis:
Ich bin wieder weiß!

So waschen die Katzen
Das Fell und die Tatzen.
Nun meinst du wahrscheinlich,
Sie wären nicht reinlich.
Doch glaub mir auf Ehr:
Da irrst du dich sehr!

Sie waschen sich gründlich
Und täglich und stündlich
Mit Tatze und Zunge,
Ob alte, ob junge.
Sie tun es – schau zu –
Viel besser als du!

Die Liese

Sehr niedlich ist ein Schaukelpferd.
Doch besser ist die Liese.
Ein Schaukelpferd ist gar nichts wert
Im Feld und auf der Wiese.

Ein echtes Pferd, wie Liese ist,
Vom Bauern gegenüber,
Das Kutschen zieht und Hafer frisst,
Das ist mir zehnmal lieber!

Für komische Käuze, spinnerte Uhus und andere Spaßvögel

Der Windhund Flick von Fleckenstein

Der Windhund Flick von Fleckenstein
War zart und porzellanen
Mit einem Hauch von Elfenbein.
Er hatte hundert Ahnen.

Als Rassehund von altem Blut
(Wenngleich noch jung an Jahren)
Bewohnte er ein Rittergut,
In dem drei Fürsten waren.

Auf Seidenkissen, gelb gestreift,

Geruhte er zu ruhen.
Und war der Rasen kühl bereift,
Schritt er einher in Schuhen.

Die Hunde in der Nachbarschaft
(Es waren über hundert),
Die haben seine Hundeschaft
Ganz ungemein bewundert.

Einst, als der Hund alleine war,
Begann es zu gewittern.
Da sträubte sich sein edles Haar.
Der Hund fing an zu zittern.

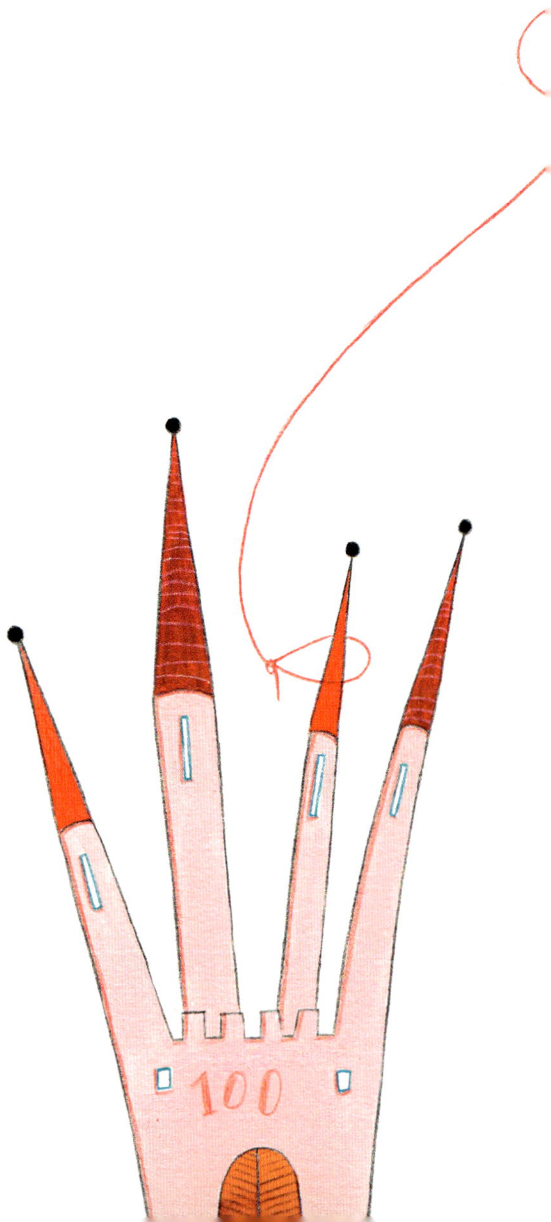

Ein Blitz schlug in der Nähe ein;
Der ganze Boden bebte.
Sofort fiel Flick von Fleckenstein
In Ohnmacht. Doch er lebte.

Zum Glück kam eine Möpsin an,
Krummbeinig, dick und ältlich.
Die sah den Hund und sprach sodann:
Dich helf ick unentjeltlich.

Sie sagte (und sie schritt zur Tat):
Ick knöpf dir uff de Schuhe.
Ick schlecke dich dein Fellchen jlatt.
Man imma mit de Ruhe.

Was Frieda tut, is imma jut!
So sagte sie und lachte.
Der edle Hund aus altem Blut
Vernahms, als er erwachte.

Er fragte matt: Wer sind Sie, Frau?
Ick, Herr? Ick bin de Frieda.
Du warst vor lauta Ohnmacht blau
An deine janzen Jlieda.

Ick rieb dir schnell mit Spucke ein.
(Mein Herr is Arzt, mein Bester.)
Da hauchte Flick von Fleckenstein:
Ich danke Ihnen, Schwester!

Dann lief er fort, so windhundschnell,
Als ob er räudig wäre.
Er war gesund an Leib und Fell,
Doch krank an seiner Ehre.

Sie hat mich, sprach von Fleckenstein,
Geduzt wie ihresgleichen.
Und ich, ich muss ihr dankbar sein!
Es ist zum Steinerweichen.

Er ward von dieser Kränkung krank,
Als hätt sie ihn gebissen.
Er starb auf einer Polsterbank
In gelb gestreiften Kissen.

Als Frieda seinen Grabstein fand,
Vergoss sie manche Zähre,
Weil dort in Gold auf Marmor stand:
ER STARB AN SEINER EHRE.

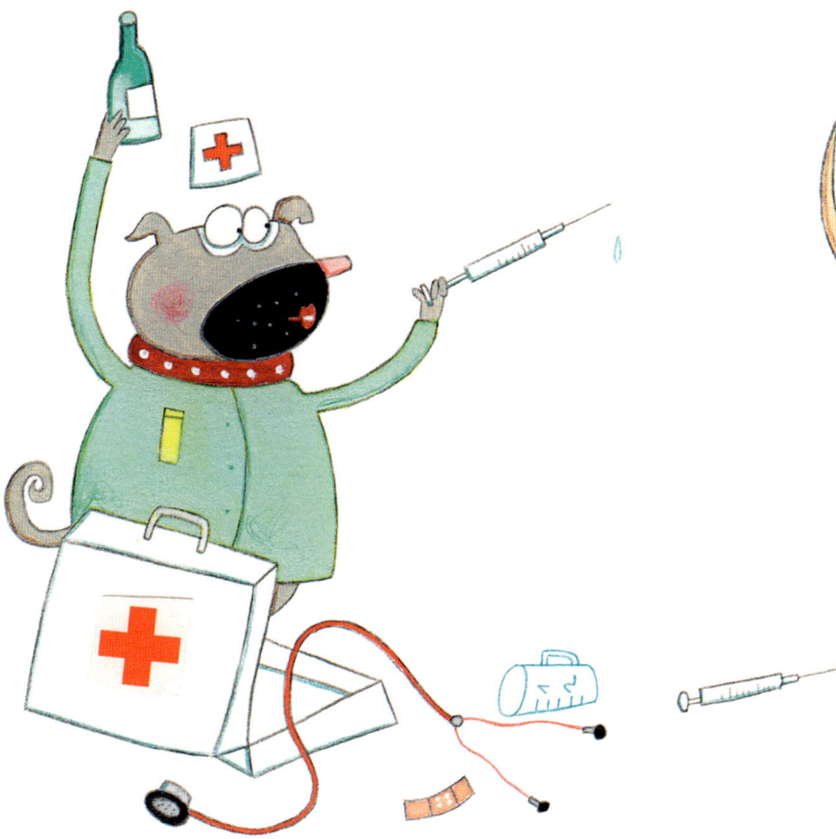

Die vertauschten Hähne

Auf einem Turme stand ein Hahn,
Der sich im Wind als Wetterfahn'
Stets drehte, drehte, drehte.
Tief unter ihm stand auf dem Mist
Ein Hahn, der Korn und Würmer frisst.
Der krähte, krähte, krähte.

Der Misthahn speiste einen Wurm
Und krähte dann hinauf zum Turm:
Du hast es gut da oben!
Der Turmhahn blickte auf den Mist
Und rief: Du, lieber Misthahn, bist
Als freier Mann zu loben!

Kurz: Jedem stand von diesem Paar
Der Sinn nach dem, was er nicht war.
Drum tauschten sie mit Freude.
Der Misthahn flog hinauf zum Turm.
Der Turmhahn flog zu Mist und Wurm.
Und es vergnügte beide.

Ja, es entzückte beide tief.
Der Misthahn auf dem Turme rief:
Die Aussicht ist fantastisch!
Der Turmhahn auf dem Miste sprach:
Leb wohl, du grünes Kirchturmdach!
Mistklettern macht elastisch.

Jedoch, jedoch, jedoch, jedoch
Der Mist war schmutzig, und er roch.
Das störte den vom Turme.
Und der vom Mist, der oben stand,
Fing an zu frieren, und er fand
Kein Stück von einem Wurme.

Der Turmhahn schrie: Ich glänz nicht mehr!
Und man beschmutzt sich hier so sehr.
Und ständig muss man krähen.
Der Misthahn rief: Hier auf dem Turm
Gibt es nicht einen Regenwurm.
Und stets muss ich mich drehen.

Kurzum: Kein Stündchen war vorbei,
Da flogen die enttäuschten Zwei
Zurück zu ihren Plätzen.
Ein jeder krähte: Kikriki!
Hier bleib ich, und ich will mich nie
Auf fremde Plätze setzen!

Der Misthahn sprach: Wer Würmer frisst,
Gehört nun einmal auf den Mist.
Da ist er auf dem Posten.
Doch der vom Turm, voll Arroganz,
Der drehte nur den goldnen Schwanz,
Weil Westwind war, nach Osten.

Der musikalische Drache

Dereinst in alten Zeiten,
Es ist schon lange her,
Zog mal ein Zug von Drachen
Nach Süden übers Meer.

Sie waren groß und kräftig,
Wie rechte Drachen sind,
Nur einer war viel kleiner
Und noch ein halbes Kind.

Er flog am Schluss des Zuges
Und hat die ganze Zeit
Gepustet und gejammert,
Als wär er nicht gescheit.

Als nun die Schar der Drachen
Ans Meeresufer kam,
Da wurden diesem Kleinen
Die Drachenflügel lahm.

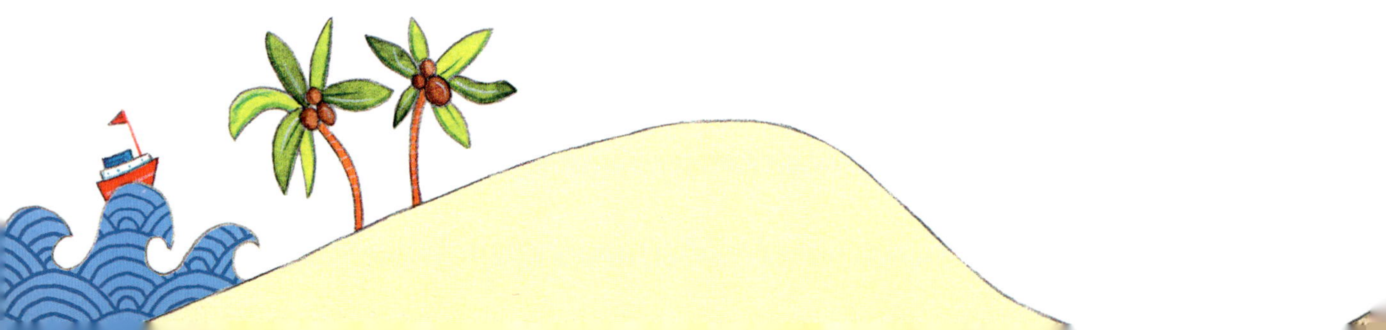

Die Großen flogen weiter.
Der Kleine blieb zurück.
Ihn schmerzten seine Flügel,
Ihn schmerzte das Genick.

So sank er tief und tiefer,
Denn er war klein und schwach,
Und landete am Ende
Im Wald bei einem Bach.

Hier hat er lang geschlafen,
Neun Tage oder zehn,
Und sich danach gemütlich
Die Gegend angesehn.

In einer alten Hütte
Bezog er sein Quartier.
Denn in der Hütte gab es
Ein Bett und ein Klavier.

Bald war der kleine Drache
Im Walde wohlbekannt,
Weil er sich ausgezeichnet
Mit jedem Tier verstand.

Er lud die Tiere täglich
In seine Hütte ein
Und gründete hier schließlich
Den Waldgesangverein.

Er selbst saß am Klaviere
Und spielte laut und leis,
Und rundherum stand singend
Der Chor in einem Kreis.

Der Uhu, der als Fachmann
Für Musikanten gilt,
Der sagte, dass der Drache
Ganz ausgezeichnet spielt.

Dreihundertdreißig Jahre
Spielt er nun schon Klavier.
Es kennt ihn hier im Walde
Und liebt ihn jedes Tier.

Und möchtet ihr ihn sehen,
Dann geht nur an den Bach
Und dann am rechten Ufer
Genau der Nase nach.

Die undankbare Flunder

Im Flusse Po schwamm irgendwo
Vergnügt und froh ein Wasserfloh.
Der Floh, er hieß Bambino.
Da kam die Flunder von der See.
Die Flunder hatte Ohrenweh
Und brauchte Medizino.

»Momentchen«, rief der kleine Floh,
»Im Uferschilfe irgendwo
Steckt meine Violino.«
Er zog beim Ufer aus dem Rohr
Die Geige aus Perlmutt hervor
Und strich ein Andantino.

Er spielte für das kranke Ohr
Die allerschönsten Lieder vor
Und Schlager aus dem Kino.

Um vier Uhr in der Morgenstund,
Da war die Flunder kerngesund
Vom Klang der Violino.
Der Floh jedoch lag müd und matt
Auf einem Wasserrosenblatt,
Der arme Floh Bambino.

»O Flunder«, rief der kleine Floh,
»Spiel mir zum Dank ein Tremolo,
Ein kleines Tremolino!«
Da rief die Flunder: »Tut mir leid,
Ich habe leider keine Zeit!«
Dann schwamm sie nach Torino.

Der Floh jedoch, erschöpft und krank,
Trieb auf dem Blatt am Ufer lang
Mit seiner Violino.
Er trieb dahin, ein ganzes Stück,
Und kam dabei zu seinem Glück
Ans Wasserfloh-Kasino.

Ein Sanitätsfloh fand ihn dort
Und pflegte und verband ihn dort
Und stärkte ihn mit Vino.
Drei Tage lag der Floh im Bett.
Die Flunder aber, breit und fett,
Schwamm grinsend durch Torino.

Die Flundern sind so dumm wie breit.
Sie kennen keine Dankbarkeit.
Man sieht's am Fall Bambino.

Der schöne Hering

Ein Hering, der Hans Mehring hieß,
Schwamm jeden Tag spazieren.
Er war bekannt als sehr charmant
Bei allen Wassertieren.
Der allerschönste Hering
War sicherlich Hans Mehring.

Einst fuhr die Heringskönigin
Spazieren vor dem Schlosse.
Ein Seepferdpaar mit goldnem Haar
Zog fröhlich die Karosse.
Da kam ein schöner Hering.
Natürlich war's Hans Mehring.

Kaum sah der Hans die Königin,
Da malte er am Grunde
Aus Spaß und Scherz ein kleines Herz
Aus Bläschen mit dem Munde.
Das konnte nur Hans Mehring
Und sonst kein zweiter Hering.

Die schöne Heringskönigin,
Die staunte gar nicht wenig.
Sie sprach bei sich: Das wär für mich
Der rechte Heringskönig!
»Wie heißt du, schöner Hering?«
»Ich, Majestät? Hans Mehring!«

»Willst du mein Heringskönig sein
Und wohnen auf dem Schlosse?«
»Gern!«, sprach der Hans mit Eleganz
Und stieg in die Karosse.
So wurde unser Hering
Der König Hans von Mehring.

Doch wie's so oft im Leben geht:
Das Glück ist nicht von Dauer!
Ein Fischer fing die beiden flink
Und legte sie in Sauer.
So wurde Hans von Mehring
Sehr bald ein saurer Hering.

Da lag das edle Königspaar
Im alten Einmachkübel.
Und grämte sich und schämte sich
Bei Lorbeer und bei Zwiebel.
Still seufzte Hans von Mehring,
Der König und der Hering.

Und schließlich malte er betrübt
Im Essig auf dem Grunde
In tiefstem Schmerz ein kleines Herz
Aus Bläschen mit dem Munde.
So zärtlich war Hans Mehring,
Der allerschönste Hering.

Der gereimte Löwe

Ein Löwe, groß und fürchterlich,
Begann vor Wut zu weinen:
Er suchte einen Reim auf sich,
Doch leider fand er keinen.

Er lief durchs ganze Afrika
(Am Tag oft zwanzig Stunden)
Und fraß so manchen Dichter da,
Der keinen Reim gefunden.

Am Kap der Guten Hoffnung, ach,
War Afrika zu Ende.
Allein er dachte weiter nach,
Wie er ein Reimwort fände.

Er saß betrübt am Meeresstrand,
Wo wilde Wellen schäumen,
Bedenkend, dass sich rings im Land
Fast alle Tiere reimen.

Es reimt sich, sprach er, Kuh auf Gnu
Und Stiere auf Vampire.
Auch Marabu und Känguruh
Sind reimverwandte Tiere.

Warum reimt sich der Löwe nicht?
Soll er stets reimlos bleiben?
Wird niemals jemand ein Gedicht
Mit Löwenreimen schreiben?

Der arme Löwe saß und sann,
Im Ufersande schabend.
Da kam ein weißer Vogel an
Und sagte: Guten Abend!

Lass mich allein! Entferne dich!
Erwiderte der Löwe.
Ich suche einen Reim auf mich.
Da sprach der Vogel: Möwe!

Zwar reimt sich, sprach sie, Hunz auf Kunz
Und andre dumme Sachen;
Jedoch auch wir zwei reimen uns.
Und sie fing an zu lachen.

Der Löwe lachte ebenfalls
Und raste vor Entzücken.
Er fiel der Möwe um den Hals,
Als wollt er sie erdrücken.

Er rief: Ich habe einen Reim!
Hoch lebe jede Möwe!
Jetzt kehre ich beruhigt heim
Als der gereimte Löwe.

Seitdem sagt jedes Löwenkind
Zu jeder Möwe Tante,
Weil sie doch jetzt Verwandte sind
Zumindest Reimverwandte.

Für Mädchen und Damen

Die knipsverrückte Dorothee

Dorothea kriegte gestern
Einen Fotoapparat.
Und nun knipst sie unermüdlich
Hochformat und Querformat.
Dorothea hat Geschick:
Klick!

Dorothea knipste Bilder
Von der Mutter mit dem Hut,
Von dem Pinscher namens Satan
Und der Patentante Ruth.
Auch vom Vater mit dem Schlips:
Knips!

Dorothea wurde kühner,
Denn nun knipste sie sogar
Nachbars aufgescheuchte Hühner
Und die Birke mit dem Star.
Mittags war der Film schon voll.
Toll!

Knips!

Vater in der Dunkelkammer
Hat den Film mit Müh und Zeit
Bis zum Abendbrot entwickelt.
Aufgepasst, es ist so weit!
Mutter zog die Bilder ab:
Schnapp!

Abends sah sich die Familie
Sehr verdutzt die Bilder an.
Vater grinste, Mutter lachte,
Tante Ruth rief: »Sieh mal an!«
Dorothea aber sprach:
»Ach!«

Man sah Mutters halbe Nase,
Obendrein ein Stück vom Hut.
Und die umgestülpte Vase
War ein Bein von Tante Ruth.
An der Birke sah man bloß
Moos.

Nachbars Hühner waren deutlich.
Aber keines sah man ganz.
Links sechs Beine, rechts ein Flügel,
Und ganz oben war ein Schwanz.
Vaters Bild war nur ein Schlips:
Knips!

Auch vom Pinscher namens Satan
Sah man nur das linke Ohr,
Und das schaute wie ein Dreieck
Hinterm Kohlenkasten vor.
Jeder rief: »Ojemine,
Dorothee!«

Klärchen Kunkels Kinderküche

Ein K-Gedicht

Klärchen Kunkels Kinderküche
Schätzen kleine Kinder sehr.
Knusprig-leckre Wohlgerüche
Kommen aus der Küche her.

Kochtopf, Kanne, Kasserolle
Blinken immer tadellos.
Klärchen kocht auch nicht mit Kohle:
Klärchen kocht elektrisch bloß.

Klärchen kocht aus Kälberknochen
Knödelsuppe köstlich-fein.
Wenn die Knochen richtig kochen
Kommen Knödel hinterdrein.

Brät das Kind Kaninchen-Keulen,
Die so kresch und knackig sind,
Knabbert dran nach einem Weilchen
Manches kecke Nachbarkind.

Klärchen Kunkels Kinderküche
Kocht für die Erwachsnen nie;
Denn Gerichte und Gerüche
Gibt's nur – in der Fantasie.

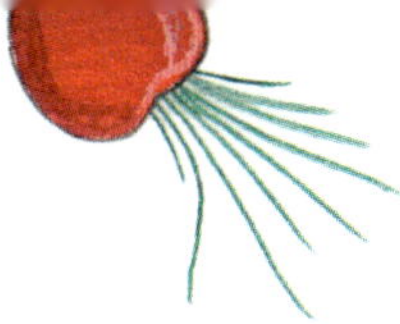

Schnittlauch und Radieschen

Base Lieschen liebt Radieschen,
Die Radieschen, die Radieschen!
Schnittlauchblätter liebt der Vetter,
Unser fetter, netter Vetter.
Darum essen sie den Schnittloch
Sonntag, Montag, Dienstag, Mittwoch.
An den andren Tagen, huh,
Gibt's Radieschen immerzu.

Doch der Vetter mit dem Frack
Hat den besseren Geschmack.

Ich bin das Fräulein Ilse

Ich bin das Fräulein Ilse,
Die Mi, die Ma, die Maus,
Ich bringe mich aus jeder
Verlegenheit heraus.

Einst lebte ich im Schlosse,
O je, o ji, o ja,
Der Gräfin Bernanosse.
Entzückend war es da.

Doch Frau von Bernanosse,
O ni, o na, o nein,
Die hatte einen Pudel,
Und der war sehr gemein.

Der Pudel, den die Dame
Stets schi und scha und schor,
Der wollte mich ermorden.
Nun stellt euch so was vor!

Da kam er an die Falsche,
Gewi, gewa, gewiss!
Denn, hah, ich ruinierte
Dem Pudel das Gebiss.

Es lag in jenem Garten
Ein Sti, ein Sta, ein Stein.
Der glich den warmen Würstchen
Aus Frankenfurt am Main.

Den schob ich auf den Teller
Vom Hi, vom Ha, vom Hund.
Da biss der dumme Pudel
Hinein mit seinem Mund.

Und wisst ihr, wie viel Zähne
Dem Tie, dem Ta, dem Tier
Noch blieben in der Schnauze?
Im besten Falle vier!

Hexen sind ja gar nicht so

Hört ihr eine Hexe schimpfen,
Dürft ihr nicht die Nase rümpfen!
Sagt auch niemals »ach« und »oh«!
Sagt: »Grüß Gott!« Und schaut nicht feindlich.
Denn am Ende wird sie freundlich.
Hexen sind ja gar nicht so.

Wenn die Raben und die Katzen
Von der Hexe euch nicht kratzen,
Ist die Alte selber froh.
Denn Prozesse vor Gerichten
Lieben Hexenfraun mitnichten.
Hexen sind ja gar nicht so.

Wollen Hexen euch bedienen
Mit Kakao und Apfelsinen,
Nehmt es an; das macht sie froh.
Ja, ihr dürft sogar von Herzen
Über Besenritte scherzen.
Hexen sind ja gar nicht so.

Aber will der Schalk euch packen
Und ihr sprecht vom Kinderbacken,
Brüllt sie im Fortissimo:
»Märchen vom gebacknen Kindel
Sind ein aufgelegter Schwindel.
Hexen sind ja gar nicht so!«

Für Buben und Herren

Herr Schnecke

Ein alter Mann hieß Schnecke.
Da war er übel dran.
Man rief an jeder Ecke:
Da kommt die alte Schnecke!
Der arme alte Mann.

Einst suchte der Herr Schnecke,
Ich weiß nicht mehr, wonach.
Da schaute der Herr Schnecke
An irgendeiner Ecke
Im Telefonbuch nach.

Das Buch hat den Herrn Schnecke
Erstaunt wie nichts zuvor:
Links oben in der Ecke
Stand: Martin Hundezecke
(Ein Freiherr und Major).

Beim Blättern fand Herr Schnecke
Auch einen Herrn Kamel,
Dazu den Bäcker Knäcke
Und Fräulein Semmelwecke,
Die handelte mit Mehl.

Da sagte sich Herr Schnecke:
Nachdem ich das nun weiß,
Freu ich mich, dass ich Schnecke
Und nicht Kamel und Zecke
Und Semmelwecke heiß.

Der dicke Mann

Es war einmal ein dicker Mann
In einem großen Hause.
Der aß und schlief und schlief und aß
Und schlemmte ohne Pause.

Am Morgen fing das Schlemmen an.
Man sollte es nicht glauben:
Zum Frühstück aß der dicke Mann
Schon sechs gebratne Tauben.

Zum zweiten Frühstück schmauste er
Zwei Kilo rohen Schinken.
War der vertilgt, dann pflegte er
Vier Liter Milch zu trinken.

Zu Mittag gab's ein ganzes Reh
Und Wein von allen Sorten.
Um vier Uhr aß er zum Kaffee
Vier Schokoladentorten.

Die Leute in der Nachbarschaft,
Die werkelten am Tage;
Er aber steckte Zeit und Kraft
Nur in die Fressgelage.

Der Schmied, wenn er zur Arbeit ging,
Der sah den Dicken essen.
Auch Schneidermeister Zipperling
Sah ihn tagtäglich fressen.

Man sah ihn selbst zur Abendzeit
Beim Scheine vieler Lampen
Noch immer voll Gefräßigkeit
An seinem Tisch schlampampen.

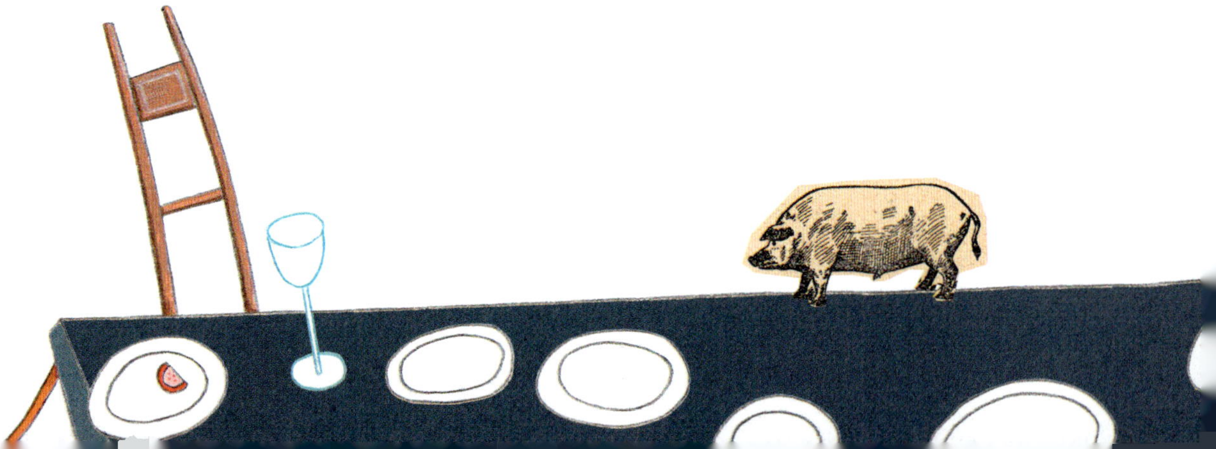

Und Schmied und Wirt und Pastors Sohn
Und Zipperling, der Schneider,
Die riefen: »Ach, wir ahnen schon
Sein Ende, leider, leider!«

Und wirklich: Die Gefräßigkeit,
Die nahm ein schlimmes Ende.
Zu Pfoten wurden mit der Zeit
Die Füße und die Hände.

Der Mund, er wurde nach und nach
Zu einem Schweinerüssel.
Bald fraß er wie ein Ferkelchen
Aus seiner Futterschüssel.

Und was aus ihm geworden ist,
Ist eine Katastrophe:
Er wühlt jetzt Eicheln aus dem Mist
Auf einem Bauernhofe.

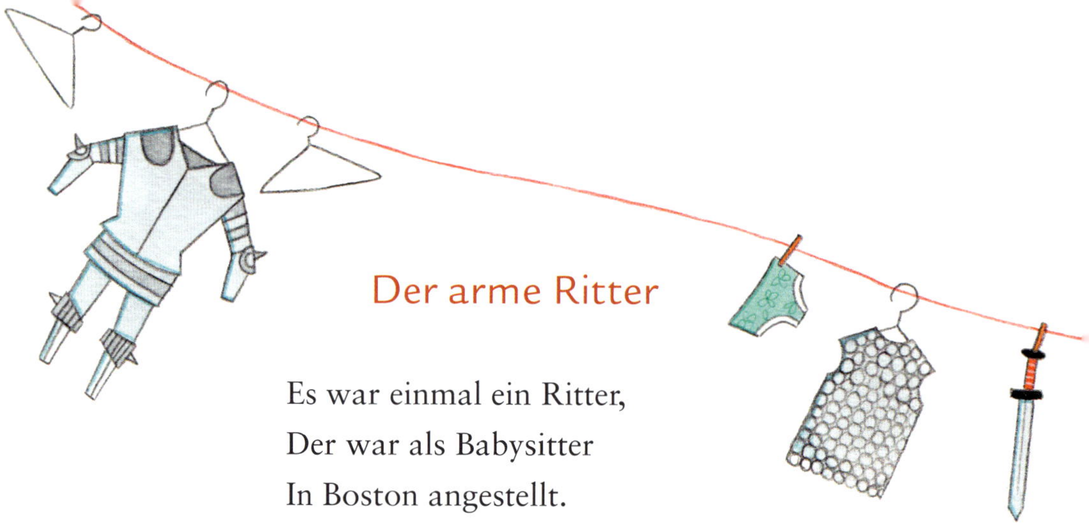

Der arme Ritter

Es war einmal ein Ritter,
Der war als Babysitter
In Boston angestellt.
Doch konnte er nicht sparen.
Er hatte auch nach Jahren
Noch immer nicht viel Geld.

Nun sind zum Babysitten
Die Ritter sehr umstritten.
Drum könnt er glücklich sein:
Er kriegte gute Kost von
Dem Mister Brown in Boston
Und Dollars obendrein.

Doch Ritter brauchen leider
Sehr teure Panzerkleider,
Die man vom Schmied bezieht.
So trug der arme Ritter –
Und das war wirklich bitter –
Den ganzen Lohn zum Schmied.

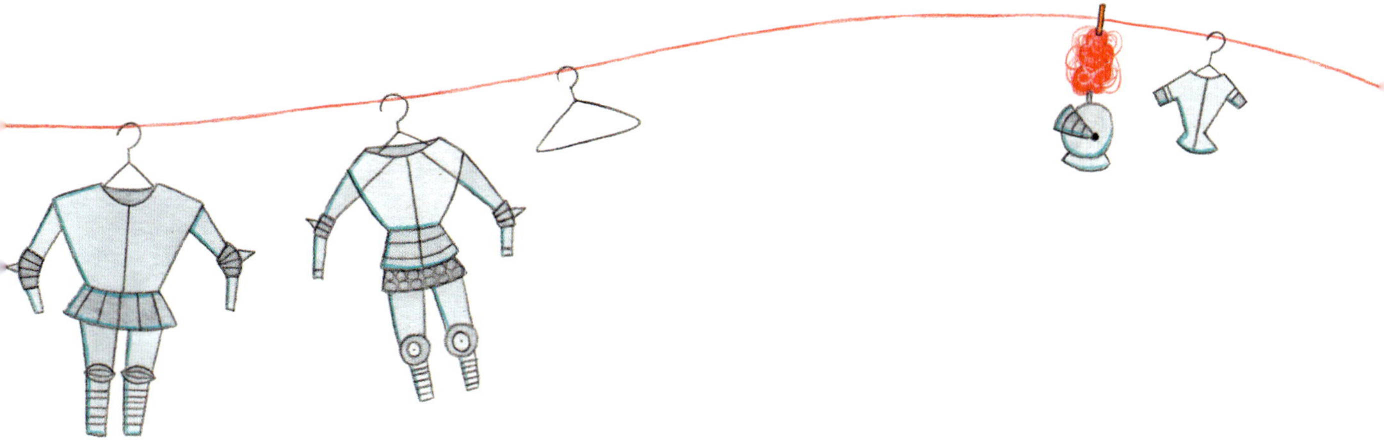

Oft zwischen Schlaf und Wachen
Ersehnte er sich Drachen
Zum Kampf mit Helm und Speer.
Doch diese Ungeheuer
Mit Augen wie von Feuer,
Die gibt es längst nicht mehr.

So ist der arme Ritter
Noch immer Babysitter,
Auch wenn's ihm nicht behagt.
Doch sei'n wir nicht verwundert:
Im zwanzigsten Jahrhundert
Sind Ritter nicht gefragt.

Die armen kleinen Drachen

So ein armer kleiner Drachen
Hat wahrhaftig nichts zu lachen,
Wie uns manches Beispiel lehrt.
Drachen haben zarte Seelen,
Und in ihren Drachenkehlen
Schluchzen sie oft unerhört.

Doch ganz ungemein empfindlich
Sind die Drachen, die noch kindlich:
Drachentochter oder -sohn.
Diese kleinen Drachen fressen
Weder Prinzen noch Prinzessen;
Ach, ach, wer weiß das schon?

Jeder Möchtegern von Ritter
Wird bei ihrem Anblick bitter,
Zieht das Schwert und bremst den Gaul.
Und dann ruft er: Potz Gewitter,
Ich, der sieggewohnte Ritter,
Hau dem Drachen eins aufs Maul!

Doch der Drachen, lieber Himmel,
Zittert vor des Ritters Schimmel
Und vorm Ritter obendrein.
Ängstlich, dass was könnt geschehen,
Beißt er schließlich aus Versehen
Den Herrn Ritter in das Bein.

Ha, da fliehn die wackren Recken
Und verkünden voller Schrecken:
Drachen beißen jeden tot.
Dabei möchten kleine Drachen
Vor den Rittern Männchen machen
Für ein halbes Butterbrot.

Nick, der Riesenjunge

Im Gebirge, weit von hier,
Haust auf Bergeswiesen,
Haust im felsigen Revier
Das Geschlecht der Riesen.

Jeder kennt in diesem Reich
Nick, den Riesenjungen,
Er ist riesig, doch zugleich
Kräftig und gedrungen.

Auf dem Kopf wächst wie ein Wald
Seine Riesenmähne.
Mit den Tannen, groß und alt,
Putzt sich Nick die Zähne.

Wenn ihn Hunger übermannt,
Frisst er achtzehn Ziegen.
Adler schlägt er mit der Hand
Tot wie wir die Fliegen.

Doch das große Riesental
Wollt ihm nicht behagen.
So beschloss er, sich einmal
In die Welt zu wagen.

In das Meer beim Kattegatt
Stieg er ohne Hemmung.
Dadurch gab es in der Stadt
Oslo Überschwemmung.

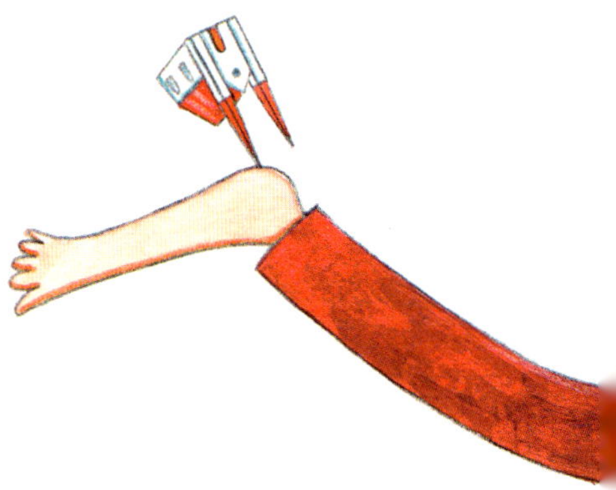

Nick ging schnell nach Dänemark,
Hungrig, aber munter.
Zwanzig Kühe, fett und stark,
Schlang er dort herunter.

Als er in das Ländchen kam,
Wo die Deutschen sitzen,
Wurden ihm die Füße lahm
Von den Kirchturmspitzen.

Alle Türme piekten ihn.
Das verdross den Riesen.
So beschloss er, heimzuziehn
Zu den Bergeswiesen.

Im Gebirge voller Groll
Sprach der Nick zum Opa:
Meine Nase hab ich voll,
Opa, von Europa!

Schau, in meinem linken Bein,
Hier in dieser Ritze,
Steckt vom Dom zu Köln am Rhein
Noch die Kirchturmspitze.

Auch die Menschen können arg
Unsereinen plagen.
Und die Küh' von Dänemark
Liegen schwer im Magen.

Nick, der Riese, zieht seither
Nie mehr in die Weite.
Im Gebirge hinterm Meer
Haust der Nick noch heute.

Für solche, die gern auf dem Kopfe stehn

Am siebzehnten Oktebruar

Am siebzehnten Oktebruar
Geschehn die tollsten Sachen.
Man kann an diesem Tag im Jahr
Fast alles möglich machen.

Man schmaust als Feiertagsgericht
Die leckren Hundeeier,
Auf Eis gekocht bei Mondenlicht
Und abgekühlt im Feuer.

Auch kauft man sich an diesem Tag
Die Kleider nur in Flaschen.
Und wer ein Kleid nicht leiden mag,
Der trägt halt nur die Taschen.

Am siebzehnten Oktebruar,
Wenn uns die Katzen grüßen,
Trägt man Sandalen auf dem Haar
Und Hüte an den Füßen.

Dann wärmt der Mond, die Sonne schneit.
Ein Stern fängt an zu regnen.
Und oft kann man zur Mittagszeit
Dem Sandmann schon begegnen.

Die Fische in Aquarien
Erzählen sich Geschichten,
Sie singen lange Arien
Und fangen an zu dichten.

Am siebzehnten Oktebruar
Trinkt man gesalzne Weine,
Und dazu futtert man ein paar
Gesüßte Ziegelsteine.

Die Katzendamen in der Stadt,
Die kaufen neue Schwänzchen,
Und jeder Herr, der Spaß dran hat,
Besucht das Damenkränzchen.

Auf Dächern treiben Schlittschuhsport
Die Alten und die Kinder.
Und jede Stadt und jeder Ort
Steht kopf – mehr oder minder.

Den siebzehnten Oktebruar,
Den feiern alle Länder!
Nur eines stört! Und das ist klar:
Er steht nicht im Kalender!

Die Welt zuunterst-zuoberst

Aus dem Englischen nach William Brighty Rands

Wenn man Kirchen baut auf dem Meeresgrund
Und drei mal vier ist neun,
Wenn der Falter spielt mit der Biene und
Mit dem Tintenfisch das Schwein,
Wenn das Pony auf seinen Reiter hopst,
Wenn die Blumen fressen die Kuh,
Wenn die Maus der Katze den Milchbrei mopst
Und der Kater schaut dabei zu,
Wenn Mutter gibt unser Baby her,
Noch dazu für wenig Geld,

Wenn ein feiner Herr eine Dame war,
War zuunterst-zuoberst die Welt.
Doch wenn solche Wunder geschehen,
Zu Land, in der Luft, auf dem Meer,
Dann könnte ich sie verstehen,
Weil ich innerhalb-außerhalb wär.

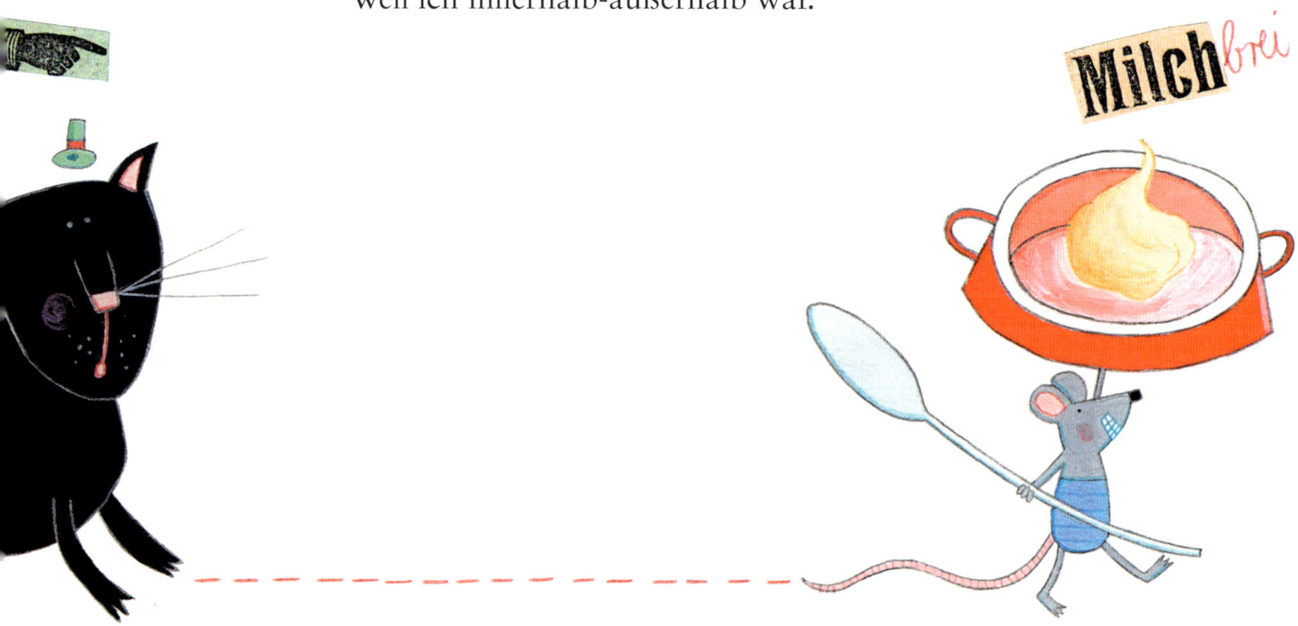

Wenn die Möpse Schnäpse trinken

Wenn die
Möpse
Schnäpse
Trinken,
Wenn vorm
Spiegel
Igel
Stehn,
Wenn vor
Föhren
Bären
Winken,
Wenn die
Ochsen
Boxen
Gehn,
Wenn im
Schlafe
Schafe
Blöken,
Wenn im
Tal
Ein Wal
Erscheint,
Wenn in
Wecken
Schnecken
Stecken,
Wenn die
Meise
Leise
Weint,
Wenn
Giraffen
Affen
Fangen,
Wenn ein
Mäuslein
Läuslein
Wiegt,
Wenn an
Stangen
Schlangen
Hangen,
Wenn der
Biber
Fieber
Kriegt,
Dann
Entsteht zwar
Ein Gedicht,
Aber
Sinnvoll
Ist es
Nicht!

Im fernen Lande Lutschistan

Es steht im Lande Lutschistan
(Das ist im Fernen Osten)
Ein Pavillon aus Marzipan
Auf sieben Kandispfosten.

Man kommt zu diesem Pavillon
Auf Pferden und in Kutschen.
Denn einmal jährlich darf man von
Den Kandispfosten lutschen.

Die Lutschistaner, klein und groß,
Die pilgern zu den Pfosten,
Und augenblicklich geht es los,
Das Schlecken und das Kosten.

Das ist am letzten Faschingstag
Und macht dem Volk Vergnügen.
Denn jedermann, der will und mag,
Lutscht dann in vollen Zügen.

Die einen schlecken vorne und
Die andern an den Seiten.
Denn Kandiszucker ist gesund.
Das kann kein Mensch bestreiten.

Das Lutschen ist in Lutschistan
(Der Name sagt es) üblich.
Doch für das Haus aus Marzipan
Ist es im Grund betrüblich.

Denn lutscht man dort auch weiterhin
(Sei's auch nur einmal jährlich),
Dann lutscht man alle Pfosten dünn,
Und das ist recht gefährlich.

Ein dünn gelutschter Pfosten kann
Als Pfosten kaum noch nützen
Und Pavillons aus Marzipan
Am Ende nicht mehr stützen.

Oft hört der Lutschistaner Zar
Darüber große Klagen.
Drum will der Zar im nächsten Jahr
Das Lutschen untersagen.

O gute alte Tradition,
Dann ist's um dich getan!
Denn Lutschistan wird balde schon
Zu Nimmerlutschistan!

Das kleine Land Pimpluzie

Das kleinste Land der Erde
Liegt hinter Bayrisch-Moos.
Dort sind die größten Leute
Wie Nadelköpfe groß.

Sie sind entsetzlich winzig.
Man sieht sie nur bei Licht.
Und tummelt dort ein Kind sich,
Entdeckt man's beinah nicht.

Das Land, es heißt Pimpluzie,
Die Hauptstadt Pimpernill,
Die Königin heißt Lucy,
Der König Pittigrill.

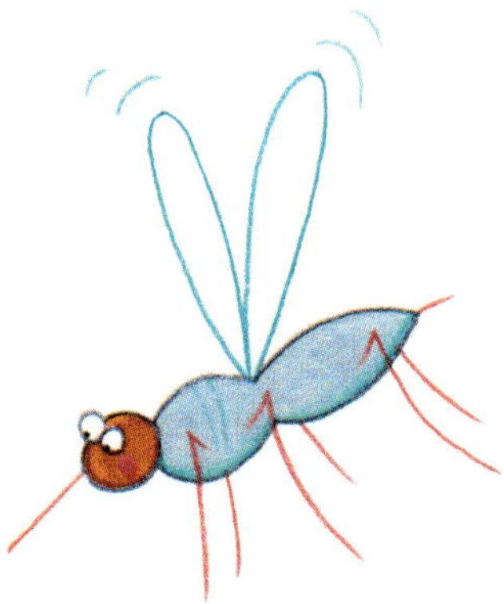

Das größte Haus im Lande
Ist Pittigrills Palast,
Der ragt stolz aus dem Sande,
Fünf Millimeter fast.

Einst hat sich eine Mücke
Nach Pimpernill verirrt.
Da ging das Schloss in Stücke,
Das nun erneuert wird.

Im Garten vor dem Schlosse,
Da weiden Kuh und Rind
Und sieben schwarze Rosse,
Die groß wie Flöhe sind.

Es gab auch Elefanten,
Doch die sind nicht mehr dort.
Die Elefanten rannten
Vor einer Schnecke fort.

Das ganze kleine Ländchen,
Samt Berg und Wald und Sumpf,
Passt in das letzte Endchen
Von einem Kinderstrumpf.

Doch denkt euch: In Pimpluzie
Glaubt Mann und Frau und Kind,
Dass sie auf dieser Erde
Die größten Menschen sind.

Die sonderbare Stadt Tempone

Kennt ihr schon die Stadt Tempone,
Wo Prinz Rückwärts residiert?
Es ist seltsam und erstaunlich,
Was tagtäglich dort passiert.

Jeden Abend geht die Sonne
Ganz genau im Norden auf.
Und der Mond beginnt im Süden
Und am Morgen seinen Lauf.

Nachts holt man sich dort zum Frühstück
Frische Semmeln aus dem Mund,
Legt sie fein auf einen Teller,
Und dann gibt man sie dem Hund.

Bücher liest man dort vom Ende
Bis zum Anfang mit Genuss.
Und dann bringt man sie dem Händler,
Der das Buch bezahlen muss.

Mit dem Auto fährt man rückwärts.
Wenn man das Benzin vergisst,
Tut man recht, denn man muss tanken,
Wenn die Fahrt zu Ende ist.

Bäume fallen dort vom Himmel
Bei besonders starkem Wind.
Und sie werden immer kleiner,
Bis sie nur noch Samen sind.

Beim Gewitter springen Blitze
Von der Erde in die Höh.
Und bei Regen ziehn die Wolken
Dicke Tropfen aus dem See.

Kinder, die geboren werden,
Sind gewöhnlich siebzig Jahr,
Haben schlechte braune Zähne
Und natürlich graues Haar.

Solche Kinder können rechnen,
Schreiben, lesen und noch mehr,
Und am Herd fällt diesen Kindern
Auch das Kochen gar nicht schwer.

Doch sie werden täglich jünger:

Sechzig, fünfzig, vierzig Jahr.
So verlernen sie allmählich
All ihr Können ganz und gar.

Auch ein Schulhaus soll es geben.
Das ist seltsam wie sonst keins.
Für die größten Albernheiten
Kriegt ein Kind dort eine Eins.

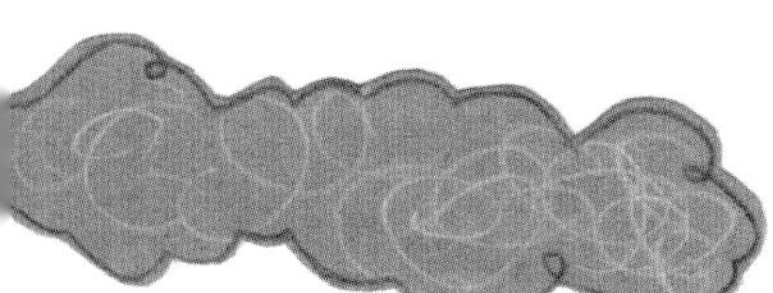

Kürzlich sprach ich mit dem Sohne
Eines alten Stadtgeschlechts.
Danach liegt die Stadt Tempone
Hinterm Monde – ziemlich rechts.

8 Für müde Kinder

Abend, Abend will es werden

Abend, Abend will es werden,
Alle Tiere schlafen ein,
Alle Bäume flüstern leiser,
Und ein ferner, ferner Kaiser
Steigt ins goldene Bett hinein.

Von der Mutter wird auch Peter
In sein Kämmerchen gebracht.
Peter will noch so viel sagen,
Doch sein Bett ist aufgeschlagen,
Und die Mutter sagt: »Gut Nacht!«

»Mutti«, fragt der kleine Peter,
»Kennst du meinen letzten Traum?«
»Nein, wie war der?«, fragt sie leise.
»Da umkreiste ich als Meise
Unsern alten Apfelbaum.«

»Einmal, Mutti … Mutti, hör doch,
Ich erzähl es auch geschwind!
Einmal war ich auch im Himmel,
Wo ein Ochse und ein Schimmel …«
Da verstummt und schläft das Kind.

Abend, Abend ist's geworden,
Alle Tiere schliefen ein,
Alle Bäume flüstern leiser,
Und ein ferner, ferner Kaiser
Stieg ins goldene Bett hinein.

Der Sandmann

Wenn es Nacht wird, wenn es Nacht wird
Und die Lampe angemacht wird,
Zieht der Sandmann durch die Stadt,
Und er trägt auf seinem Nacken
Einen riesengroßen Packen,
Wo er Träume drinnen hat.

Und dann geht er, und dann geht er
Zur Maria und zum Peter,
Und dann streut er mit der Hand
In die Augen dieser beiden –
Denn er mag sie gerne leiden –
Ein paar Körner weißen Sand.

Und dann träumen, und dann träumen
Die zwei Kinder von den Bäumen,
Die im Morgenlande sind,
Von den Palmen, tief im Süden,
Von den großen Pyramiden
Und vom heißen Wüstenwind.

Und sie schlafen, und sie schlafen.
Doch der Sandmann geht zum Hafen,
Denn im Hafen liegt sein Boot.
Und das Boot ist groß und prächtig.
Und der Mast ist hoch und mächtig.
Und die Segel, die sind rot.

Und er gleitet, und er gleitet
In den Himmel, der sich weitet.
Und die Winde blasen sacht.
Und er segelt mit den Träumen
In den sternenhellen Räumen
Durch die große blaue Nacht.

Wenn's Abend wird im Bauernhaus

Wenn's Abend wird im Bauernhaus,
Begibt man sich zum Schlafe.
Im Stalle gehn die Lichter aus.
Und friedlich ruhn die Schafe.
Schlaft gut, träumt gut,
Schaf und Geiß und Lamm.

Wenn schon in tiefem Schlafe sind
Die Schafe in der Herde,
Dann gehn zur Ruh auch Kuh und Rind
Und hinternach die Pferde.
Schlaft gut, träumt gut,
Kuh und Pferd und Rind.

Und wenn sie alle schliefen ein,
Die Pferde und die Rinder,
Die Schafe und die Lämmerlein,
Gehn auch ins Bett die Kinder!
Schlaft gut, träumt gut,
Peter, Franz und Lies!

Nun ruht und schläft, was Flügel hat …

Nun ruht und schläft, was Flügel hat,
Und nur der Uhu wacht.
Unhörbar geht durch Land und Stadt
Der Schattenflug der Nacht.

Nun ruht und schläft, was Schwänzlein hat,
Und nur die Katze wacht.
Unhörbar geht durch Land und Stadt
Der Pfotenschritt der Nacht.

Nun ruht und schläft, was Blätter hat,
Die Schattenwurz nur wacht.
Unhörbar geht durch Land und Stadt
Das Blumenlied der Nacht.

Nun ruht und schläft, was Betten hat,
Und nur der Hirte wacht.
Unhörbar geht durch Land und Stadt
Der Hirtengang der Nacht.

Die allerkleinste Poststation

Die allerkleinste Poststation,
Die steht in keinem Lexikon.
Sie liegt, mein liebes Kind,
Drei Meilen hinterm Wind.

Dort trägt ein alter Marabu
Bei Nacht dem Monde Briefe zu.
Ein solcher Brief ist zart
Und von besondrer Art.

Der Umschlag ist aus Spinnenweb,
Und was im Brieflein drinnen steht,
Mein Kind, das rätst du kaum:
Im Brieflein steht ein Traum.

Der Marabu schreibt in dem Brief,
Was du geträumt im Schlafe tief.
Er schreibt den ganzen Traum
Auf einen Federflaum.

All diese Briefe liest er dann
Und ordnet sie, so gut er kann,
Und wenn ein Brief sich lohnt,
Dann fliegt er ihn zum Mond.

Zuweilen trägt der Marabu
Ein Brieflein auch der Sonne zu.
Die Sonne lächelt dann
Und scheint, so hell sie kann.

Doch leider ist das gar nicht oft
Und selten nur und unverhofft,
Weil Träume, liebes Kind,
Fürs Tageslicht nichts sind.

Doch träumst du mal besonders fein
Und gibt's am Morgen Sonnenschein,
Dann hat dein Traum bei Nacht
Der Sonne Spaß gemacht.

Nun weißt du, was die Poststation,
Die sich in keinem Lexikon
Und keinem Buche findt,
Bedeutet, liebes Kind!

Hanselmann muss schlafen gehen

Hanselmann muss schlafen gehn,
Weil's im Garten dunkelt,
Weil die Abendwinde wehn,
Weil ein Stern aus blauen Höhn
Schon herniederfunkelt.

Auch die Sonne schläft nun schon
In der schwarzen Ferne.
Und der alte Mann im Mond,
Der am Abendhimmel wohnt,
Klettert in die Sterne.

Selbst die Spatzen auf dem Dach
Liegen in den Nestern.
Nur die Katzen sind noch wach,
Schleichen still den Mäusen nach,
Gradeso wie gestern.

Hirsch und Reh im finstern Tann
Ruhen fein verborgen.
Doch so mancher arme Mann,
Der vor Not nicht schlafen kann,
Wartet auf den Morgen.

Für die Weihnachtszeit

Die lustige Weihnacht

Heute tanzen alle Sterne,
Und der Mond ist blank geputzt.
Petrus in der Himmelsferne
Hat sich seinen Bart gestutzt.

Überall erklingt Geläute,
Fröhlich schmückt sich Groß und Klein,
Und die Heiligen tragen heute
Ihren Sonntags-Heiligenschein.

Es ertönen tausend Flöten,
Tausend Kerzen geben Glanz.
Und die würdigen Kometen
Wedeln lustig mit dem Schwanz.

Hinterm Zaun im Paradiese,
Gar nicht weit vom Himmelstor,
Musiziert auf einer Wiese
Auch der Engelskinderchor.

Ihre roten Tröpfelnasen
Putzen sich die Kleinen schnell,
Und dann singen sie und blasen
Auf Fanfaren, silberhell.

Jedes Jahr um diese Stunde
Singen sie nach altem Brauch.
Alle Sterne in der Runde
Lauschen – und die Menschen auch.

Manchmal aber, leise, leise,
Wird der Chor der Engel stumm,
Und im ganzen Sternenkreise
Geht ein sanftes Flüstern um.

Dann erscheinen sieben Schimmel,
Zärtlich ruft es: »Hü und hott!«
Und gemächlich durch den Himmel
Fährt daher der liebe Gott.

Da verstummen alle Lieder,
Und die Engel machen fix
Mit gefaltetem Gefieder
Vor dem Herrgott einen Knicks.

Alle goldnen Sternenherden
Drehn sich still dazu im Tanz.
Und im Himmel wie auf Erden
Leuchtet Weihnachtskerzenglanz!

Die Weihnachtsmaus

Die Weihnachtsmaus ist sonderbar
(Sogar für die Gelehrten),
Denn einmal nur im ganzen Jahr
Entdeckt man ihre Fährten.

Mit Fallen oder Rattengift
Kann man die Maus nicht fangen.
Sie ist, was diesen Punkt betrifft,
Noch nie ins Garn gegangen.

Das ganze Jahr macht diese Maus
Den Menschen keine Plage.
Doch plötzlich aus dem Loch heraus
Kriecht sie am Weihnachtstage.

Zum Beispiel war vom Festgebäck,
Das Mutter gut verborgen,
Mit einem Mal das Beste weg
Am ersten Weihnachtsmorgen.

Da sagte jeder rundheraus:
Ich hab es nicht genommen!
Es war bestimmt die Weihnachtsmaus,
Die über Nacht gekommen!

Ein andres Mal verschwand sogar
Das Marzipan vom Peter,
Was seltsam und erstaunlich war,
Denn niemand fand es später.

Der Christian rief rundheraus:
Ich hab es nicht genommen!
Es war bestimmt die Weihnachtsmaus,
Die über Nacht gekommen!

Ein drittes Mal verschwand vom Baum,
An dem die Kugeln hingen,
Ein Weihnachtsmann aus Eierschaum
Nebst andren leckren Dingen.

Die Nelly sagte rundheraus:
Ich habe nichts genommen!
Es war bestimmt die Weihnachtsmaus,
Die über Nacht gekommen!

Und Ernst und Hans und der Papa,
Die riefen: Welche Plage!
Die böse Maus ist wieder da,
Und just am Feiertage!

Nur Mutter sprach kein Klagewort.
Sie sagte unumwunden:
Sind erst die Süßigkeiten fort,
Ist auch die Maus verschwunden!

Und wirklich wahr: Die Maus blieb weg,
Sobald der Baum geleert war,
Sobald das letzte Festgebäck
Gegessen und verzehrt war.

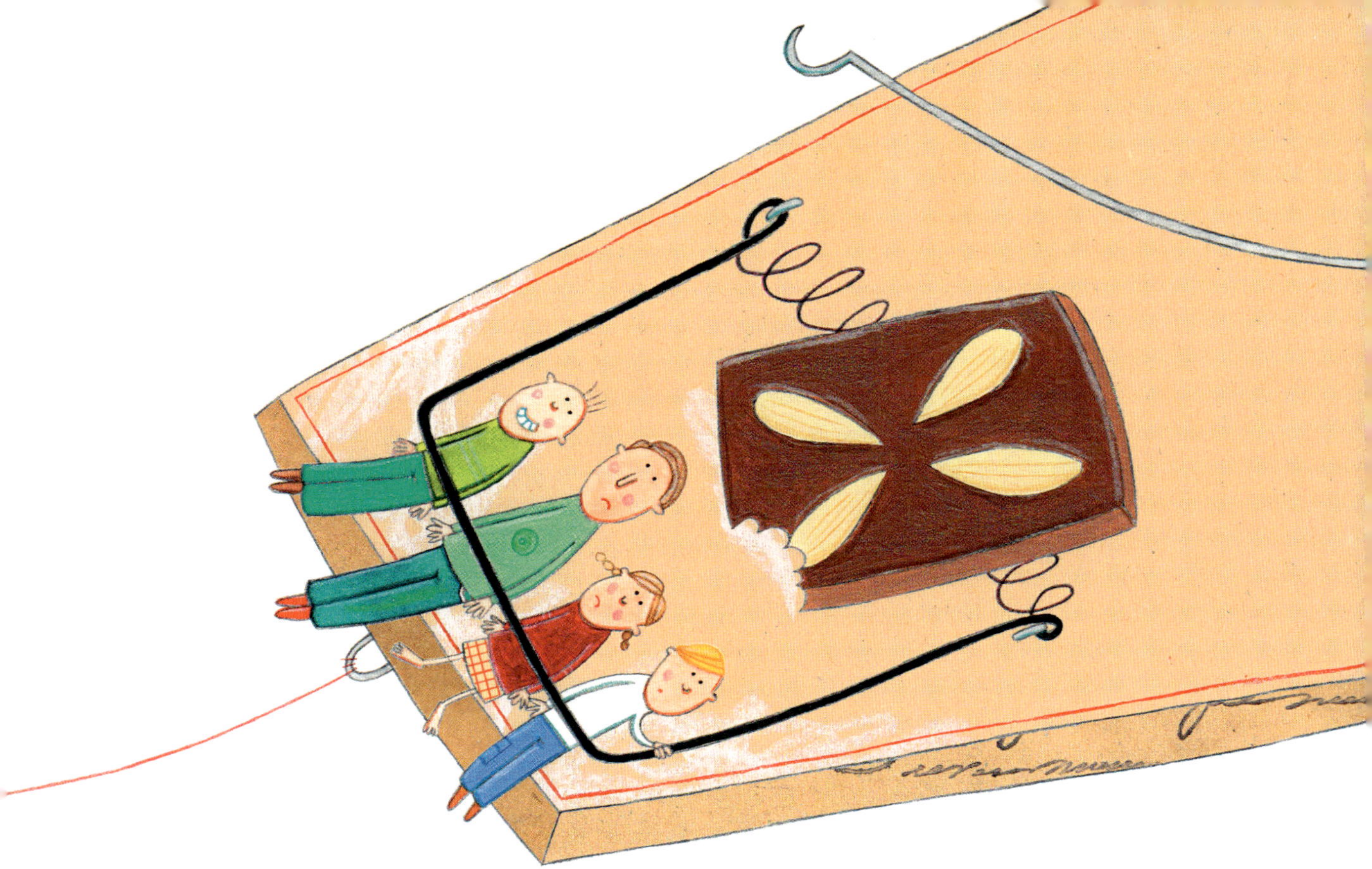

Sagt jemand nun, bei ihm zu Haus –
Bei Fränzchen oder Lieschen –
Da gäb es keine Weihnachtsmaus,
Dann zweifle ich ein bisschen!

Doch sag ich nichts, was jemand kränkt!
Das könnte euch so passen!
Was man von Weihnachtsmäusen denkt,
Bleibt jedem überlassen!

Weihnachtslied vom Eselchen

Ich bin ein Esel, alt und schwach,
I-a.
Ich habe in der Heiligen Nacht
Im Stall von Bethlehem gewacht
Und manchmal leis i-a gemacht,
I-a.

Ich war ganz still, wie sich's gehört,
I-a.
Nur manchmal schlug ich mit dem Steert,
Und bei mir standen Ochs und Pferd
Und auch drei Könige, hochgelehrt.
I-a.

Das Christkind war so sonderbar,
I-a.
Es zupfte mich an Bart und Haar,
Und einmal rupfte es sogar
Am Bart vom König Balthasar.
I-a.

Dem Joseph, dem gefällt das nicht,
I-a.
Mit ernstem Zimmermannsgesicht
Sieht er das Kindlein an und spricht:
»An Königsbärten zupft man nicht!«
I-a.

Jedoch Maria, seine Frau,
I-a,
Die sagte: »Lieber Joseph, schau:
Nimm's mit dem Kind nicht so genau!
Es ist ja noch nicht groß und schlau.«
I-a.

Und auch die Könige, alle drei,
I-a,
Die fanden wirklich nichts dabei
Und schenkten Myrrhe und Salbei
Und rotes Gold dem Kind im Heu.
I-a.

Sie lachten alle drei im Chor,
I-a,
Der Caspar und der Melchior
Und Balthasar, das war ein Mohr,
Der kam mir etwas dunkler vor.
I-a.

Ich bin ein Esel, alt und schwach,
I-a.
Ich habe in der Heiligen Nacht
Im Stall von Bethlehem gewacht
Und manchmal leis i-a gemacht.
I-a.

Weihnacht in der großen Stadt

Seltsam schaut die Stadt heut aus:
Alle Fenster sind verdunkelt!
Und es flüstert und es munkelt
Sonderbar in jedem Haus.

Straßenbahnen läuten nicht.
Einsam leuchten die Laternen.
Und von oben aus den Sternen
Fällt der Schnee so weich und dicht.

Wie ein Riese schläft die Stadt,
Die der Himmel mit dem feinen
Weißen Schnee wie unter Leinen
Zärtlich eingemummelt hat.

In den Türmen hängen stumm
Große Klöppel im Gehäuse.
Nur der Wind weckt manchmal leise
In den Glocken ein Gebrumm.

Seltsam ruhig ist es heut
In den Straßen und den Gassen.
Selbst der Marktplatz ist verlassen
Und wie tot um diese Zeit.

Aber da mit einem Mal
Wehen in das Spiel der Flocken
Von den Türmen, von den Glocken
Silbertöne ohne Zahl.

Und die Kirchen, groß und schwer,
Öffnen mächtig die Portale.
Und da gehn mit einem Male
Wieder Menschen hin und her.

Stimmen lachen, Türen gehn,
Und in schmalen Fensterritzen
Kann ich etwas golden blitzen
Und verwirrend blinken sehn.

Plötzlich scheint die Stadt erwacht.
Auch die Kinder hör ich wieder.
Und es tönen Weihnachtslieder
Fröhlich in die weiße Nacht.

Die rote Kugel

Die Kerze knistert und verzehrt sich
Ganz leise.
Die rote Kugel dreht und dreht sich
Im Kreise.

Zwei Engel, die im Kerzenglanze
So sanft und unbeweglich stehn,
Die müssen sich im Festtagstanze
Im roten Glas gespiegelt drehn.

Und dann ein Glanz, ein blankes Näschen
Und ein weit offner Kindermund
Und dann ein Schokoladenhäschen
In dieser Kugel, rot und rund.

Und bunte Kleider und Gesichter
Und nichts, was ruht und stille steht,
Gespiegelt unterm Schein der Lichter
Und ewig um und um gedreht.

Die Kerze knistert und verzehrt sich
Ganz leise.
Die rote Kugel dreht und dreht sich
Im Kreise.

Von Januar bis Dezember zu lesen

Im Februar

Kinder, jetzt ist Faschingszeit!
Jeder trägt ein Narrenkleid,
Und die Welt steht kopf.
Wer jetzt still zu Hause bleibt
Und nicht mit im Wirbel treibt,
Ist ein armer Tropf!

Ich mach mit als Kapitän.
Maxi will als Räuber gehn.
Irmchen geht als Spatz.
Kinder, kommt mit mir hinaus!
Unsre ganze Stadt sieht aus
Wie ein Rummelplatz!

Dort erscheint ein Polizist;
Aber wer er wirklich ist,
Sieht man ihm nicht an.
Nach dem Schritt und nach dem Gang
Ist es Lehrer Hindelang
Oder Rektor Spann.

Lasst den Lehrer Lehrer sein!
Reiht euch in den Reigen ein,
Wo man singt und geigt!
Bald entflieht der Fasching schon
Wie ein bunter Luftballon,
Der ins Blaue steigt.

Märzküsse

Es kroküsst und es primelt
Im Garten und am Bach.
Ein Spatzenpaar verkrümelt
Sich selig unters Dach.

Paarweise wird gewandelt,
Geturtelt und geküsst
Und fröhlich angebandelt,
Weil endlich Frühling ist.

Nun küsst der Wal die Walin
Die Nerzin küsst den Nerz,
Ein Herr küsst die Gemahlin,
Kroküsse küsst der März.

Septemberlich

Liebes Kind, der Herbst beginnt,
Und die Äpfel reifen.
Dass gar manche sauer sind,
Wirst du bald begreifen.

Birnen hängen im Spalier
Vor der weißen Mauer.
Eine Birne reift auch dir,
Und die ist nicht sauer.

Schau sie an und freue dich
Auf die Erntestunde.
Langsam und septemberlich
Reift sie dir zum Munde.

Schneemanns-Los

Den weißen Schneemann Fridolin
Verlockte ein Plakat,
Zum Faschingsfest davonzuziehn
In ein Hotel der Stadt.

Den weißen Schneemann Fridolin
Betrachtete man gern,
Und alle Welt begrüßte ihn
Wie einen richtigen Herrn.

»Die Maske ist ganz meisterlich!«
So hieß es rings im Kreis.
Man gab dem Schneemann öffentlich
Den ersten Maskenpreis.

Den weißen Schneemann Fridolin
Erstaunte der Applaus.
Er sagte: »Wie ich heute bin,
So seh ich immer aus!«

Da sagte man dem Fridolin
Ganz offen ins Gesicht:
»Dass du ein echter Schneemann bist,
Das glauben wir dir nicht!«

Doch plötzlich – wie erstaunte man –
Macht's leise tropf, tropf, tropf,
Es fing der Bauch zu schmelzen an,
Der Rücken und der Kopf.

Man fasste ihn, man stützte ihn,
Der Schneemann wurde schlapp.
Der arme Schneemann Fridolin
Nahm unaufhörlich ab.

Er stammelte mit müdem Blick:
»Bringt mich ins Hospital!«
Jedoch es stand zu seinem Glück
Ein Eisschrank links im Saal.

»Hinein mit dir! Hinein mit dir!«
So brüllte man im Chor.
Er ging hinein. Er kam heraus.
Da war er wie zuvor.

Man schrie: »Hurra!« Er dankte fein.
Dann sagte er: »Adieu!«
Und ließ den Fasching Fasching sein
Und stapfte in den Schnee.

Was tut man im Mai?

Was tun die Katzen im Mai?
Sie lecken und schlecken den Brei,
Erziehn ihre Kätzchen
Und jagen die Spätzchen.
Das tun die Katzen im Mai.

Was tun die Hunde im Mai?
Sie rasen an Zäunen vorbei,
Sie wickeln die Leine
Dem Herrn um die Beine.
Das tun die Hunde im Mai.

Was tun die Pferde im Mai?
Sie trappeln zur Bier-Brauerei.
Sie holen das Mai-Bier
Und schlürfen ein Freibier.
Das tun die Pferde im Mai.

Was tun die Buben im Mai?
Sie reißen die Hosen entzwei.
Von London bis Posen
Zerreißen sie Hosen.
Das tun die Buben im Mai.

Was tun die Mädchen im Mai?
Sie flicken und nähn allerlei
Aus seidnen Gewändern
Und Schleifen und Bändern.
Das tun die Mädchen im Mai.

Was tut ein Dichter im Mai?
Er legt sich ins krabblige Heu,
Er reimt auf der Wiese
Gedichte wie diese
Und kratzt und juckt sich dabei.

Ein Jahr ist zu Ende …

Ein Jahr ist zu Ende.
Nun gebt euch die Hände
Und sagt: Alles Gute! Gesundheit und Glück!
Beschließt in Gedanken,
Euch nicht mehr zu zanken,
Und denkt an die Sünden vom Vorjahr zurück.

Bleibt nett und verträglich,
Und drückt euch nicht täglich
vom Waschen und Lernen auf listige Art!
Tut's auch nicht verdrießlich!
Es bleibt euch ja schließlich,
Ob schneller, ob langsamer, doch nicht erspart.

Ein Jahr will beginnen.
Im Glockenturm drinnen
Erschrecken die Tauben vom Bimm und vom Bumm.
Seid nicht wie die Tauben!
Ihr müsst an euch glauben.
Stapft fröhlich ins Neujahr und dreht euch nicht um!

Nachwort eines älteren Kollegen

Als James Krüss am 31. Mai 1926 auf der Insel Helgoland das Licht der Welt, den Leuchtturm und die Nordsee erblickte, war ich 27 Jahre, 3 Monate und 5 Tage alt. Bei diesem nicht unbeträchtlichen Altersunterschied zwischen ihm und mir ist es begreiflicherweise geblieben. Dergleichen lässt sich nicht korrigieren. Krüss und mich trennt, kurz gesagt, eine Generation. Sonst aber, glaube ich, trennt uns wenig.

Zu den gemeinsamen Zügen gehört, dass wir beide, blutjung und jeder zu seiner Zeit, die dornenvolle Laufbahn des Volksschullehrers aufgaben und uns aufs Schreiben verlegten, nicht zuletzt auf die Jugendschriftstellerei. Wir wurden den Lehrern untreu und hielten den Kindern die Treue. Nun, wir sind nicht die einzigen Fälle dieser Art. Die Geschichte der Kinderliteratur, nicht nur der deutschen, ist voll davon. Es handelt sich um einen legitimen Berufswechsel. Wer, so wie wir, umsattelt, wechselt nur die Pferde, nicht die Richtung und nicht das Ziel.

Bei unserer ersten Begegnung war James Krüss dreiundzwanzig Jahre alt. Er kam in Lederhosen und rotem Pullover und er kam aus Hamburg. Ohne Geld und voller Pläne. Das war 1949. Die von mir bei Rowohlt herausgegebene Jugendzeitschrift »Pinguin« war an den Folgen der Währungsreform verstorben, und der junge Mann und Exlehrer, der mir nun in Schwabing gegenübersaß, wollte, weil das notwendig sei, etwas Neues auf die Beine stellen. Eine Kinderzeitschrift, mit ihm als dem verantwortlichen Redakteur und mit mir als dem weisen Herausgeber. Ich fand den Zeitpunkt verfrüht. Das neue Geld, die Deutsche Mark, sei noch zu knapp. (Leider sollte ich recht behalten. Das Projekt zerschlug sich.) Ein anderer Plan gefiel mir besser. Der blonde junge Mann fragte, ob ich ihm die Erlaubnis gäbe, aus meinem Buch *Die Konferenz der Tiere* ein Hörspiel zu machen. Ich war einverstanden. Krüss ging an die Arbeit. Und als ich später, in einer Kabine des Bayerischen Rundfunks, ganz allein und mit angespannter Aufmerksamkeit, das Tonband gehört hatte, war ich hell begeistert. Der junge Mann im roten Pullover hatte die Aufgabe fehlerlos gelöst. Aus der Fabel war ein Lustspiel geworden und aus dem Bilderbuch ein Ohrenschmaus, der sich wahrhaftig hören lassen konnte.

Von diesem Tag an wusste ich, dass sich auf dem Gebiete der deutschen Jugendliteratur ein neues Talent eingefunden hatte, und ich hielt mit meiner Überzeugung nicht hinterm Berge. Ich genoss die Freude, die das Herz erwärmt, wenn man, befragt oder auch ungefragt, jemanden empfiehlt, der es verdient. Diese Art Freude ist ein seltenes Vergnügen. Ich glaube, ich benahm mich wie ein Naturfreund, der einen Aussichtspunkt entdeckt hat, welcher noch nicht im Baedeker steht. Er macht alle Welt auf das schöne Panorama aufmerksam und ist dabei so stolz, als habe er es nicht entdeckt, sondern höchstpersönlich erschaffen!

12 Jahre später ist aus dem jungen Mann im roten Pullover, ohne langes Federlesen, einer der beliebtesten und angesehensten Jugendschriftsteller geworden, und das gilt nicht nur fürs deutsche Sprachgebiet. James Krüss hat Glück gehabt? Freilich! Auch Glück ist ein Talent, und wer kein Glück hat, hat ein Talent zu wenig. Es gab keine Umwege. Es gab keine Sackgassen. Das Glück hatte geholfen, die Laufbahn abzustecken. Nur eben, laufen musste der junge Mann selber. Und wie er lief! Ich kann es bezeugen. Ich stand neben der Laufbahn. Ich sah ihm zu. Und ich hielt ihm die Daumen.

Er schrieb Hörspiele. Er arbeitete für Schallplattenfirmen. Er erfand und reimte Bilderbuchtexte. Er übersetzte Stevensons Kinderverse. Er veröffentlichte im Verlag Oetinger die ersten Erzählungen,

Der Leuchtturm auf den Hummerklippen und *Die Glücklichen Inseln hinter dem Winde*. Er sammelte, für den Verlag Sigbert Mohn, 365 der besten deutschen Kindergedichte. Es wurde eine beispielhafte Beispielsammlung, vom Barock bis in die jüngste Gegenwart, mit dem Titel *So viele Tage wie das Jahr hat*. Er schrieb für den Schluss dieser Anthologie eine knappe und kenntnisreiche Geschichte des deutschen Kindergedichts, von Abraham a Santa Clara und Angelus Silesius bis zu unseren nach 1920 geborenen Kinderpoeten Eva Rechlin, Josef Guggenmos, Peter Hacks und James Krüss selber. Er schrieb fürs Fernsehen. Und er schrieb das Buch *Mein Urgroßvater und ich*, das mit dem Deutschen Jugendbuchpreis des Jahres 1960 ausgezeichnet wurde.

Mit dieser offiziellen Ehrung hatte Krüss das erste Etappenziel seiner Laufbahn erreicht, ohne Sturz und ohne Reifenschaden. Er war auf dem Glücksrad dahergekommen. Auf dem roten Pullover stand, in unsichtbarer Schrift, das Wort »Fortuna«.

Doch jetzt zur Hauptsache. Vom Glück war reichlich die Rede. Auch vom Fleiß wurde schon gesprochen. Vielleicht ein wenig zu wenig. Denn der Herr, der es den Seinen im Schlaf gibt, scheint von schlafenden Schriftstellern nicht viel zu halten. Es ist ihm lieber, wenn sie arbeiten. Genie sei Fleiß, hat Goethe gesagt. Und da sollten seine kleinen Kollegen es leichter haben? Doch die Hauptsache, trotz Glück und Fleiß und Goethezitat, ist und bleibt die Begabung. Sie ist das Geschenk des Geschicks, die Mitgift an der Wiege, das Pfund aus der Bibel. Nach den Ursachen zu fragen wäre Zeitverschwendung. Es wäre, als wolle man nachforschen, ob Greta Garbo eine hübsche Tante hatte. Für Talente, und auch die Schönheit ist ein Talent, gibt es keine Genealogie. Man kann sie nicht ableiten. Aber man kann versuchen, sie zu beschreiben.

Was für James Krüss gilt, gilt für jeden talentierten Jugendschriftsteller, wo er auch leben oder gelebt haben mag. Aber Krüss, der in ihre Reihe gehört, ist ein hochwillkommenes Beispiel, und die Sammlung *Der wohltemperierte Leierkasten* ist ein vortrefflicher Anlass. Auch an einem weiteren Anlasse fehlt es nicht. Denn während ich diese Zeilen schreibe, feiert Krüss, in einem kleinen Haus unfern Münchens, seinen 35. Geburtstag. Werden ihm die Dorfkinder einen Fackelzug bringen?

Doch nun zurück zu seinem Talent! Er ist ein guter Jugendschriftsteller, weil er ein guter Schriftsteller ist. Das ist ein wichtiger Punkt. Gute Jugendschriftsteller sind gute Schriftsteller. Es ist schade, dass sich diese Gleichung nicht umkehren lässt. Denn wenn jeder gute Schriftsteller auch ein guter Jugendschriftsteller wäre, könnten sich die Kinder vor guten Büchern nicht retten. Das ist leider nicht der Fall, weil der gute Jugendschriftsteller, außer dass er ein guter Schriftsteller ist, noch etwas ganz anderes sein und geblieben sein muss: ein Kind, ein lebenslängliches Kind.

Dieses Kind, das er war und geblieben ist, lebt in dem Manne weiter. Es steht auf einem Fußbänkchen und blickt mit Kinderaugen durch die Augen des Mannes hindurch in die Welt, als seien es Fenster. Der gute Jugendschriftsteller, zum Beispiel unser James Krüss, betrachtet die Welt, den Traum, die Fabel, die großen und kleinen Abenteuer des Lebens und auch die der Sprache mit zwei Paar Augen. Er hat zwei große und zwei kleine Ohren. In seinem Kopf steckt ein zweiter, ein Kindskopf. Er lacht und weint zweistimmig. Er ist zwiefach neugierig und er staunt doppelt. Und wenn er das Doppelte erzählt oder zusammenreimt, klingt alles ganz einfach. Der Mann und das Kind im Manne klingen synchron. Und ihr Leierkasten klingt wohltemperiert. Für die Kinder. Und für die Kenner.

München, 31. Mai 1961 ERICH KÄSTNER